大魚讀品
BIG FISH BOOKS

让日常阅读成为砍向我们内心冰封大海的斧头。

Due sirene in un bicchiere

孤 岛 上 的
小 旅 馆

[意] 费德丽卡·布鲁尼尼———著

邓阳———译

四川文艺出版社

图书在版编目（CIP）数据

孤岛上的小旅馆 /（意）费德丽卡·布鲁尼尼著；
邓阳译 . -- 成都 : 四川文艺出版社，2022.5
ISBN 978-7-5411-6301-2

Ⅰ . ①孤… Ⅱ . ①费… ②邓… Ⅲ . ①长篇小说—意
大利—现代 Ⅳ . ① I546.45

中国版本图书馆 CIP 数据核字（2022）第 047054 号

版权登记号：图进字 21-2021-532

GU DAO SHANG DE XIAO LÜ GUAN

孤岛上的小旅馆

［意］费德丽卡·布鲁尼尼　著

邓阳　译

出 品 人　张庆宁
策划出品　磨铁图书
责任编辑　邓　敏
责任校对　段　敏

出版发行　四川文艺出版社（成都市锦江区三色路 238 号）
网　　址　www.scwys.com
电　　话　010-82068999（发行部）　028-86361781（编辑部）

印　　刷　北京世纪恒宇印刷有限公司
成品尺寸　145mm×210mm　　开　本　32 开
印　　张　7.5　　　　　　　　字　数　160 千
版　　次　2022 年 5 月第一版　　印　次　2022 年 5 月第一次印刷
书　　号　ISBN 978-7-5411-6301-2
定　　价　48.00 元

献给 M.和快乐岛

很久以前

阿黛尔

我知道，不是只有我
才悔恨自己的所作所为
我只是不时觉得，只有我
才无法接受过往
我希望生命长久一些
抬头看看天空，而不止于脚下
我的生命仿若云烟，正在消逝
而我只能旁观、感伤
我怀念那时的气息，怀念故友
怀念母亲，我怀念
我曾大放异彩的人生
但那是很久以前

倘若没来过这四面环海的岛

哪怕只有短短一瞬

便无法看清真正的世界

—— 歌德

一

那天天气很热。日暮时分，微风轻快地爬上山谷，从东边拂来，条纹太阳伞微微晃动，游泳池平静的水面泛起波纹，塔玛拉灰色的头发也凌乱了。

她这才意识到，思绪如同彩色贴画，牢牢粘在剪贴簿上，如果不用力撕，贴画就不会掉下来。

朝南的阳台离西西里岛八十五千米，离利比亚三百三十二千米。她在阳台上，看着七月三十一号那天的照片：本杰明房间天花板上的星星、仙人掌受热而裂开的果实、画风帆的笔法、远处翻涌的海浪……

随后，她顺着盘旋楼梯走到楼下。盘旋楼梯犹如一根脊柱支撑着这座旧房子，通向房子的每一处。顺着它可以到炎热、开阔的楼顶，这里有游泳池和塔玛拉的卧室；也可以到潮湿、凉爽的地下室，她在这里修了一间画室。她经常待在楼顶，夜里睡不着觉，与黑夜搏斗，等待温煦的晨光。

与《神曲》截然不同，她将天堂建在地下，建在草皮和岩石下的画室里，把离天空最近、能看见大海的地方留给了恶魔。

地下室和楼顶中间是盘旋楼梯，蜿蜒曲折，炼狱就在台阶最宽的地方。现在，她正在那里，在达娜整理好的四间客房之间穿梭。

达娜是塔玛拉的波兰朋友，她从不会忘记把熨得平整的床单铺好，镜子、家具和地板总是光洁明亮，窗户和蚊帐纤尘不染，房间里充溢着香柠檬和野胡椒的香味。

另外，她在每个房间都放了一套"工具"，她和塔玛拉称之为"休憩法宝"，包括旅馆的居住小手册、戈佐岛的《旅游指南》、洗涤心灵的名言集录、七颗蓝色的玻璃珠、一根红绳和一个笔记本。红绳长二十厘米，用来穿那七颗玻璃珠，笔记本用来记录在旅馆这十天自己的所思所求。

最后，在客人到达旅馆，进入房间关上门之前，达娜会告诉他们房间里有两根白蜡，烛光可以陪伴他们，驱散孤独。

每个月一号，美人鱼旅馆会敞开青绿色的大木门，欢迎新来的一组人。男男女女都有，他们计划在这里畅游一番，或者什么都不做，瑜伽、静思、节食、散心、游泳、走路、阅读、睡觉；坐船或者坐皮艇出去游玩；跟塔玛拉学绘画；跟达娜学绿色烹饪，品尝她拿手的无渣果汁，净化自己的思想、身体和灵魂。

饭厅的大石桌中间摆了一只玻璃碗，碗里有四条用木头做的美人鱼，都编了号，各吊着一把钥匙。客人到达后，达娜就分发这四把钥匙，让每个人选择自己最中意、感应最强的那一把。

如果两三个客人看上了同一把钥匙，达娜会让他们协商一致，或者让他们一起分享那个房间，甚至晚上轮流在那间房里睡。

但这种情况只发生过一次，两个争夺者还成了好朋友。

发钥匙是塔玛拉最喜欢也最忧心的时刻，因为那会决定和揭晓所有人的命运。大家都不明就里地伸出手，挑选那条会拯救自己的美人鱼。塔玛拉见证了无数种抉择，觉得事情的发生纯属偶然，但每次她仍会情不自禁地惊叹一切都有定数。

每个房间都有一条箴言，不，是定律，手绘在蔚蓝色的门背面，只能从房间里面看见。

一号门宣称"来这里的人就是有缘人"。

二号门安慰"发生的事，冥冥之中早已注定"。

三号门告诫"时间自有定数"。

四号门总结"事情结束了，就结束了"。

塔玛拉瞟了一眼红皮革封面的大笔记本，达娜把旅馆的预订记录和申请信都收在了里面。

网上找不到美人鱼旅馆的信息，旅馆没上过《旅游指南》，也没印过名片，只是营业执照上有这个地址，仅此而已。敲敲键盘可到不了那儿，发邮件、打电话也无法预订。就算是之前去过的朋友，也帮不上什么忙。

闻风欲动的顾客只能自己写信，说明想去住宿的原因，而且必须手写，然后耐心等待预约成功或失败的回信。回信的信封通常是海蓝色的，封口处是一个身材纤细、鱼尾人身的女人图案。

这也是达娜的点子。为了名正言顺，她想出了第五条定律：
"你寻找的地方会找到你。"

最近三年，达娜在岛上仅有的那家文具店买了很多浅蓝色的画纸，塔玛拉在纸上画了几十条美人鱼，它们邀游在欧洲和其他更远的地方。

还有同样多的几十双腿、几十双胳膊、几十张嘴和几十个灵魂，在不同的季节，怀着不同的目的，登上这两个女人深深扎根的岛屿，努力在地中海的浪涛中站稳脚跟。

塔玛拉迅速扫了一眼八月一号的预订名单：维珍从伦敦来，乔纳斯从迪拜来，丽莎和拉拉从米兰来，奥利维亚从巴塞罗那来。明天，这五个名字会呈现五张面孔，五个故事，五个不同的期待。

大家会带着自己的行李、饰物、牙膏、书，更重要的是令他们感到困惑的疑问。总之，塔玛拉认为，生活就是一串无穷无尽的疑问。如果你觉得自己找到了所有的答案，那么你的生命也走到了尽头。此刻，你应该拿开有奖抢答按钮上的手指了。**各位女士、各位先生，游戏结束了**。游戏结束了，请安静地离开。

所以，塔玛拉早就结束了游戏。因为要赢，你必须准备好输，而她已经输了。她不再寻找答案。更糟糕的是，她再也没有疑问了。

大海吞噬了她所有的疑问。几乎所有的，有一个除外。

奥利维亚骑着自行车在女伯爵街飞速穿行，她把车放上餐厅对面的车架，大步流星地走到后门，用力推开防火门，走进厨房。

这不是她这个星期第一次迟到了。她穿了一件印着黄色花朵的棉质连衣裙，头发呈拿铁咖啡的颜色。

"大家好！我们的活儿到哪一步啦？"她赶忙问厨房里的这帮人，一边系上围裙，一边套上帽子。

不锈钢长桌上摆满了碗，装着各种食材：胡萝卜、土豆、胡瓜、西芹、薄荷、茄子、白瓜、豆腐、芝麻……奥利维亚仔细检查了一遍。

"卡门，你记得我今天要的特色原料吗？我要腰果酱和红薯细挂面，还有香菜。绿咖喱还有吗？"

副厨师长点点头，同时示意帮厨，马上从冰箱的小储柜里把这些原料找出来。

奥利维亚叹着气，然后转过身，如同一支按捺不住的飞箭冲向大厅。她躲开快布置好餐桌的服务员，绕过正在擦餐具的年轻女助手，最后瞄准目标，截住收银台的巴勃罗。

"订餐？"她质问巴勃罗。

"二十二个人，七桌。还有妮娜。"他嘟囔道。

这是绿椅餐厅这个季节的最后一次晚餐。从明天开始，餐厅会关上大门，歇业一个月，九月一号恢复营业。而奥利维亚呢，她会摆脱菜单、厨具、前夫和前夫的新女友。巴勃罗每天晚上都会盯着新女友的细高跟鞋，然后目光慢慢上移，打量她二十九岁的妩媚身姿。奥利维亚只需要再忍耐几个小时。这几个小时，她会用融入了爱的食材做二十二道完美的素菜。还有另一道菜同样可口，只是带着她的一腔怒气。

面对给自己倒了无数杯香槟的空姐，乔纳斯笑了笑，跟往常一样，他就着香槟吞了两片强效褪黑素。从一趟航班到另一趟航班，他想快点睡着的时候，总是会吃上两片。

不仔细看，还没认出来这位同事。他之前在圣诞节聚会时见过她，非常性感，但衣着并不暴露，红色花边裙子盖住线条优美的臀部和大腿，好似一位少女。他记得，当时自己被这双腿深深地吸引了。正因为这样，才不想进一步了解她。因为当时他有安琪，不想"节外生情"。

乔纳斯坐的是商务舱，他降下座椅，躺在上面，盖上印有航空公司标志的蓝色毯子，他已经在这家公司当了十二年的飞行员。

但那天晚上他不会发号施令，因为接下来的十天他休假。此刻他在飞机上，在回家的路上，虽然从未见过这个陌生的家，但它就像一种习惯或执念，扎根在他心里。

四十年前，乔纳斯的母亲离开小岛的时候，他还只是母亲腹中的胎儿。母亲的肚子里有丰富的营养，他紧紧缩在里面，坐了三个星期轮船，跨越了三片海洋。他在海浪的怀里摇来摇去，听着鱼儿无声的歌谣，在轮船钢铁做成的子宫里成长。

母亲带他从墨尔本港登陆时，他已经长成了一棵小树苗，两条腿修长、干瘦、有力，迫不及待地想离开湿沉、黑暗的大海，稳稳扎根在陆地上。

乔纳斯出生在澳大利亚，虽然这是第一个和唯一一个接纳他的地方，但在这里，他永远没有归属感，一生都是在祖国的流浪者。现在他以外国人的身份，回到唯一让自己觉得有归属感的地方。虽然收获在几万公里之外，但种子是从前在那里播下的。飞机的铁腹下是一片云海，他终于踏上了这几万公里的归途。几个小时后，他将重新来到世界，而这次是回家。

在回旅馆的路上，达娜转最后一个急弯时，本杰明大声哼唱起一首小歌。那是他在学校的最后一篇散文中学到的，海洋生物罗列在一起，既押韵又有趣。

吉普车歪歪扭扭地行驶在上坡路上，如果后面跟上一辆大货车或者小货车，反正岛上随便跟一辆引擎轰隆的车子，吉普车的姿势就称得上性感了。达娜被自己的俏皮话给逗笑了，心想，今天是美好的一天。明天也会是美好的一天。她看了一封又一封信，才精心挑选出明天要来的这组人，觉得他们会合得来，会有所收获。至于……不，唯一的男性乔纳斯，也会找到他正在寻找的东西。她会帮助他。吉普车的风挡玻璃上布满了灰尘，达娜头顶的天空早已从橘黄染成鲜红，天空在披上夜幕的外衣前，准备先蒙上它最漂亮的淡紫色面纱。整个天空一片紫色。

"美人鱼在海中游啊游……"本杰明一边放低声音，一边把手伸在车窗外，挥舞他的玩偶。乌黑的长发在脸庞周围飞舞，好似一段凌乱又不失优雅的舞蹈。

达娜觉得，幸福是跳一场无须编排的即兴舞蹈，让思绪在风中飞扬，带走一切，只留下笑容。

"……美人鱼在海中游，没人能让她停留。游啊，不分昼夜黑白，尾巴秋千摇摆……"小男孩继续哼唱，全然不知妈妈在想什么。车子颠了最后一下，停在小农庄背后的空地上，达娜猛地拉了手刹。围住空地的蔚蓝色木栅栏是她亲手插进去的。

本杰明打开车门，往大门走去。

"玛拉妈！"他抬高嗓子喊道，"玛拉妈！"又喊了一次。他把玩偶当成飞机，在空中舞来舞去。他一直这样叫塔玛拉。他有一个妈妈和一个玛拉妈，很幸福。

达娜在熟悉的农民那里买了几箱水果和蔬菜，她把东西卸下车，全部堆在门边，正好位于旅馆招牌的下方。招牌上是两条金发美人鱼，绿色的尾巴交织在一起。那是她和塔玛拉，海浪让她们紧紧相连，一起克服陆地上的危险。

伊娃的眼神很严肃，又流露出一种炫耀之情，她每天踩着毛绒地毯，坐在宽敞的编辑室里，不用跟同事隔着挡板挤办公桌，好像破冰船要撞冰山一样。大家给她取了一个外号——"目标女郎"。她很看重这个外号，以她取得的成就完全配得上这个称呼，但这个称呼又无法完全诠释她。她从不会浪费时间，想得到一样东西，会千方百计弄到手。如果得不到也没关系，她会盯上更好的目标。她很少失手。很多同事，甚至一些前任总说她是个浑蛋，但事实并非如此。她只是一个野心勃勃、意志坚定、强势能干的女人，不想做的事情她坚决不做。她不想成为在男人身后摇尾乞怜的小女人，唯一的目标是逃出他们的手掌心，让自己的生命充满意义。她很有头脑，能实现自己的抱负，有没有丈夫在身旁无关紧要；结婚并不意味着要做女仆或者成为女王，而是夫妻携手并进，过好每一天。一份平庸的工作，就算报酬丰厚，她也不会做。她无法理解：上帝或宇宙让她和万物来到这个世界就是为了繁衍，勉强活下去，迎接下辈子。生活应有更多的意义，比如有些东西遥不可及，而她又紧紧追寻……她追求的不是精神信仰，而是满足人的欲望。不是从男人到上帝，更不是从女人到上帝。写博客这份工作让她受益匪浅。她做博客，并不流于表面，捕风捉影。她热衷追踪名人，在这个面具下隐藏着一颗心，这颗心就像贪婪的猎狗，寻踪觅迹，唯一的目标是人性和人性神秘的欲望——为了虚荣，在自己的生命中塑造光辉的形象。

她的博客叫"毒蛇"，是最受关注的博主之一。她爆名人的料，揭开真相，披露罪行，击碎谎言，解开谜团，散布八卦，挑拨关系，事业蒸蒸日上，但她从不说假话。

因此，知名八卦网站"大牌探秘"将她招至麾下，以搜罗更多的八卦猛料。而伊娃手里从不缺这些东西。

将编辑室和其他同事隔开的那堵墙上贴满了杂志页面、地图和剪纸，坐上椅子前，伊娃瞄了一眼旁边的维珍，大家都叫她"无情猎手"。除了伊娃，维珍是这行里唯一有外号并引以为豪的女人，也是唯一可以与她抗衡，甚至击败她的女人。

与伊娃相反，维珍的办公桌秩序井然，创意满满，每样东西都有自己的位置，信件也无一例外，按重要性的顺序放好，她工作需要的卷宗也是如此。相处一段日子后，伊娃学会了破译维珍文件夹的颜色，这位对手把准备刊登的故事用绿色标记，正在跟进的用黄色，那些潜在的但材料还不够的独家新闻用红色。

维珍会画画。她从小就把眼睛看到的世界画下来，小狗、小猫、饼干、玩偶、朋友、树木、房子、公路、大海……从没间断过。当周围的一切变得很快，她又无法理解时，她就把现实变成线条画在纸上，越不了解一件事情的原因，比如一种感觉、一个事实、一个选择，越要挥动铅笔画下来。她让铅笔自由地舞动，直到最后，铅笔会赠给自己一幅更清晰的图画。

"我去不了。"维珍正拿着座机的听筒，"我必须推迟，甚至放弃。我不知道还有没有其他机会……有人会抢在我前面……把她揪出来。"

维珍穿了一件玫瑰色的夹克，她转过身，乌黑亮丽的长发搭在肩后，在夹克的映衬下，就像黑得发亮的油渍。伊娃不禁心生忌妒，她的头发呈棕色，柔软细弱，从不过肩，不需要护理，不需要吹风机和梳子，从来都不会卷，因为她总会及时到理发店剪成短发。总之，她更愿意把时间花在其他事情上。比如去健身房骑动感单车，去游泳，去看电影，但排第一位的，当然是工作。

"事实是……我很清楚。我肯定她就在那里！你知道这会是多大的新闻吗？我可以打败这里所有的人……特别是那个'目标女郎'。"伊娃的同事继续说，手里紧紧攥着一沓厚厚的卷宗。

伊娃的脸顿时红了起来，本能地退后了，她看见了自己早已猜到的东西：维珍手里的卷宗标记着红色。这颜色与她心中燃起的怒火毫无二致。

达娜正用手拔去仙人掌的刺，塔玛拉站在一旁，凝视着那双手。仙人掌果的壳一裂开，她们就把里面的果肉放进搅拌机搅拌，然后放进冰箱做成刨冰。

塔玛拉打算把这些刨冰拿来招待明天的客人，现在她已经在脑海里预先享受那股清凉、甜蜜的味道了。

她很爱吃仙人掌果，早上从沙滩回来，也要顺路摘一些。她挎在肩上的皮背带吊着一个红色的木盒，样子像小提包。她右手戴着园丁手套，从浅绿色的仙人掌大叶片上摘下丰满的果实，然后放进木盒。这个红色木盒本来是做给本杰明的，但她实在太喜欢了，就自己留了下来，后来又重新送了他一个蓝白条纹相间的，这孩子把他的"小秘密"藏在里面，最多的是贝壳，还有小石子、化石、硬币、电影票、船票、花种子和海滩上捡的平滑的碎玻璃。

本杰明是塔玛拉的小助手。他们现在住的小农庄从前是一个天然洞穴，后来塔玛拉把洞穴周围清理得干干净净，建成了现在的小农庄，还在地下修了一间画室，每次她去画室，本杰明就自告奋勇地陪她。蛋彩画的颜料筒子、油漆罐子、丙烯酸喷漆、画笔和水彩画都能勾起他的兴趣。他最喜欢在木头、废铜、塑料和玻璃中间倒腾，这些杂物都是他的玛拉妈从咸咸的海浪里捡回来的。

"这个不像一朵云吗？"他指着一样东西说。

"你看，一条鲨鱼！"他激动起来。

"这个！你可以用这个做一个太阳。"小男孩给出建议。

塔玛拉总是依着他。

"晚饭我做了菜瓜糊，还有芝麻菜和土豆馅饼。"达娜甜美的声音闯进本杰明的脑海，打断了他的思绪。塔玛拉心想，他在想什么呢？还是老样子，他在想，海浪白色的泡沫细细长长的，将大海和陆地分开。他在想那道变幻莫测又无法逾越的分界线，往这边一步，你是海岛的沙滩；往那边一步，你是在深海中漂流的一滴水。

达娜的腿靠着不锈钢洗碗池，本杰明亲昵地抓住她围裙的束带，抓住她结实的大腿。

"那我摆桌子。"他小声说道。

拉拉跪在紫色的树脂行李箱前，里面的衣服已经装不下了。她必须留下一些东西：燕尾服、粗高跟鞋、流苏花边长裙、三副太阳镜、各种样式的小提包……箱子底下的几个化妆盒放得整整齐齐，肯定要带上，当然还有吹风机和卷发夹。姐姐丽莎的行李箱，无论是款式还是尺寸和颜色，跟她的都一模一样。但丽莎的行李箱已经拉上了拉链，随时准备提上出租车。

两姐妹的体形、肤色也一模一样，但内在品质不同。就像她们的行李箱，外观毫无二致，里面却大相径庭。她们生下来就明白这一点，甚至在出生之前，在她们还是两只连着脐带、在母亲肚子里闹腾的水猴子的时候就已经明白了。丽莎比拉拉先出生五十九秒，她总爱说自己比拉拉优秀，胜她一筹，因为拉拉不务正业，只知道梳头发。拉拉从小就喜欢梳头发，打扮自己，她金色的长发是一种执念，也是她的力量。她像童话中被囚禁在塔里的公主，紧紧抓住自己的头发，确信有一天，辫子会成为自己唯一的救命稻草。

拉拉叹了口气，决定让步，少带一些她本想在散心静修期间带上的衣服，减轻一点负担。她很瘦，经常锻炼，并不需要散心静修。苗条、紧致的身材是她最好的名片。她以前能找到美容师这样的工作，现在拥有一家美容中心和完全属于自己的生态美容疗法，也要归功于她丰满匀称、小腹扁平的身材。

总之，这次度假是给丽莎的礼物。丽莎的确需要这次旅行。她们两个总是互为对方的影子，但现在，姐姐显得更老态、沧桑、憔悴。自从在婚礼的前一天被甩，丽莎就郁郁寡欢，万念俱灰，只有她的猫能带给她一丝笑容。她在"拉拉贝拉健康美容中心"的前台工作，因此不得不每天都面对妹妹。每天上班前，她会就着咖啡吃下抗抑郁药，晚上则与猫咪为伴，这就是她的一天。

拉拉希望她们两姐妹能记住这一天。再过不到一个小时，出租车就会把她们送到机场，她们会登上飞机，展开机翼，冲上云霄，最后再次踏上陆地，更准确地说是沙滩。拉拉迫不及待想一边躺在椅子上，一边享受海浪拍打脚丫。没有比这更舒服的按摩了。如果有，她肯定会学到手。

二

伊娃好几个月没有这么深的黑眼圈了，都是熬通宵害的。她晚上敲键盘，心里忐忑不安。这种不安不是内疚，早在踏进这行之初，她就知道该怎么应付内疚。鉴于此，内疚也对她敬而远之。这种不安源于困惑，细微之至，惹人心烦，在她做决定的时候，就像细小的沙粒混进齿轮，阻碍她的思绪。

编辑室的秘书先前言之凿凿，跟伊娃说维珍会离开一整天。维珍前脚一走，伊娃就不动声色地拿走了维珍用红色标记的文件夹，上面写着"MSGO"。伊娃一下午都在琢磨，自己为什么要这样做，她打算天黑之前完璧归赵，把文件夹放回维珍桌上。但这不过是自欺欺人，因为她已经把所有资料都复印了一份。她在布鲁尼街上班，下班时，她透过办公室的玻璃窗，看了一眼整个伦敦的景象，随后去健身房骑了一会儿动感单车，直到大汗淋漓才回家。

她先用微波炉热了一份杯面（越南面条），开了一罐啤酒，再打开笔记本电脑，又从包里取出今天的战利品，倒着放在地毯上。其中有一个浅蓝色的信封，上面有美人鱼图案和维珍手写的名字。信封里有照片，一张岛图，网上打印的文章和十几张从报纸上裁下来的纸，讲的都是曼荼罗·辛歌的悲剧。事情发生在十年前，曼荼罗·辛歌是英国一位非常受欢迎的明星，地中海吞噬了她五岁的女儿，再也没有还给她，自那以后，曼荼罗就消失得无影无踪。最后一张照片里，她头发散乱，因为过分悲痛而情绪激动，在摄像机和闪光灯面前，她背对记者，双手掩面沿海滩离去。也许她回了伦敦，她的房子和事业都在那里；也许她回了澳大利亚，那是她出生的地方；她也可能在意大利，在西班牙，在迈阿密；也可能从没有离开那片沙滩，因为她女儿就淹没在那里的惊涛骇浪之中。也许现在应该揭晓这一切了，揭晓这一切的人当然是伊娃。复印完内容后，她虽然把文件夹还给了维珍，但这个故事已经由她跟进了。

　　达娜坐在大壁炉旁的坐垫上，虽然夏天壁炉没有生火，但对住在旅馆里的人来说，总有一种特别的诱惑。她把黄麻坐垫放在大厅的这个角落，客人到达后，他们早晚会坐在上面，躺在上面，在上面睡着也不稀奇。地板像深蓝的海洋，这些坐垫是她黄色的木筏，她就在这里掌舵，至少她自己觉得是这样的。达娜头顶有一扇天窗，一束光柱从中射下，仿佛一个杯子装满了光线，倒着放在客厅，并照亮通往四个蔚蓝色房间的宽敞的楼梯。塔玛拉的房间在楼顶，从前是个洗衣房。达娜和本杰明住在挨着厨房的那个房间，正好位于塔玛拉房间下方。

离静修开始只剩下几个钟头了，她看了看单子上要提前做好的工作：预备菜单、安排瑜伽和静修散步的时间、分发徒步旅行用的地图、复印巨石庙和其他景点的旅游指南。还要复印一些专门的指导手册，去风景优美的沙滩游玩、在小市场买纪念品、租汽车和小摩托等，都派得上用场。

即使提前做好了准备，也总有客人让她目瞪口呆，提一些出乎意料的问题和要求，有时根本没法回答。

旅馆是她提议塔玛拉开的，开张没多久，她就接触到了许多令人匪夷所思的事情。而如今，她会面带微笑张开怀抱，表现得体谅对方，好像在说我会尽力。也许会吧。

"准备好啦？"塔玛拉走了过来，蜷缩在她身旁。

"老样子。你呢？"

"我？我只是跑跑龙套，他们需要的是你。"

"你看了他们的信啦？"

"只看了两封，好像是澳大利亚人的和英国人的，是吧？来的还有一对意大利姐妹……"

"是对双胞胎。"

"哇，我还不知道呢！"

"还有一个西班牙女人。"

"她的故事我不清楚，我们为什么同意了她？"

"因为我们会帮助她做出正确的选择，其实她已经做了，只是自己还没意识到。"

"人都是这样的。"

"是啊……总有左右为难的抉择：心，还是脑子？"

"都得要，这两样是一个东西。"

"对，可并不是所有人都明白。"

"因为要先失去这两样东西。"

"……然后再找回来。"达娜叹了口气，轻轻摸了摸塔玛拉的脸，"我和你都很幸运。"她说道。

"嗯，我们已经领悟了这个道理。"

"而且我们已经践行了这个道理。"

"这有区别吗？"

"区别比你想的大多了！"达娜笑道。"反正，"她补充说，"我可盼着开始呢，我想家里多点儿人气，你呢？"

"你还不知道吗？看什么人吧。"

"这组人很不错，你会喜欢他们的。"

"你每次都这样说。"

"那我让你失望过吗？"

"从以往来看呢，好像没有。但那位跳芭蕾舞的厨师和另一位夜游的音乐家除外……"

"那可是天造地设的一对啊……"

"是，前提是他俩能遇上……"

"也许我们应该给那些心里寂寞的人开个咨询室。"

"我们在这儿接待的内心有疑惑的人，还不够你受的吗？"塔玛拉讥讽道。

达娜笑了起来，露出上下两排洁白整齐的牙齿，从中间的缝隙里吐出气息，她辩解道："他们可能是因为寂寞才感到疑惑。"

"更可能是因为疑惑才觉得寂寞。"塔玛拉回应道，接着又说，"只有死去的心才没有疑问。"

"那么疑问万岁喽！"

"心跳万岁！"塔玛拉说着，目光瞥在红笔记本上。

我很多年没有用手写过字了，已经忘了怎么提笔。我不知道该从哪里说起，但你们让我说明来旅游的原因，没问题，以下我就说明。我想悼念我的母亲，带她回故乡，她在遗嘱里也这样嘱咐了。我朋友凯瑟琳·F.向我推荐了你们的旅馆。她觉得这里很特别，若想在一个地方待上十天，你们的旅馆是不二之选，十天也正好符合你们的规定。这十天里，我想为我母亲的骨灰和灵魂找一个好归宿。我以前没来过这座岛，希望你们能帮助我、指引我。期待你们能接受我的请求。

致以衷心的敬意

乔纳斯·格雷奇·贝里曼

美人鱼旅馆敬启：

旅游原因：我想找到一个能把我丈夫赶出餐厅的办法。确切地说，是我的前夫和我的餐厅。我是一名厨师，客人来光顾餐厅，全是因为我厨艺好，做的菜好吃。创立餐厅的是我，装修餐厅的是我，为餐厅揽生意的还是我！但房子是他的。也是我们的。房子是我们一起买的，当时我们还是……还是夫妻。现在我们已经离婚了，他也有了新的女人。幸好我跟他没有孩子！我不是忌妒，但我真的没法忍受每天晚上都为他们两个做饭。我想离开这里，但又能去哪儿？我爱我的厨房，千辛万苦才把它建好……我熟悉这里的每一团火，每一层隔板，每一口锅……我不想到其他地方从头再来。应该离开的是他，可他觉得餐厅有他的一半。这不公平，我像一个囚犯，被囚禁在我最爱的地方，你们明白吗？我快疯了！

期许：我想知道该如何拿回原本就属于我的东西。罗蕾娜告诉我，她离婚的时候来过你们这儿。

"那个地方可以创造奇迹。"她反复这样跟我说。

或许奇迹也会为我出现。请你们接受我的请求，我必须尽快找到解决办法。我觉得在你们这里，在这座寂静的小岛，我可以找到办法。

附笔：感激不尽。

看了奥利维亚的信，塔玛拉如鲠在喉，不由得发出叹息。每当对客人的焦虑感同身受，她就会这样。她有些喘不上气，好像在那家餐厅身处困境的是她。乔纳斯和他母亲的遗嘱呢？人不应该立遗嘱，应该悄悄地来，悄悄地去，无须知晓，无须感知，无须理解。所谓的遗愿，就是遗嘱吗？又或者是，立遗嘱的人，带着他永远对我们保密的心愿，长眠地下前的最后愿望吗？塔玛拉摇摇头，她抬起一只手，像电风扇一样搅了搅面前的空气。

"你还好吧？"达娜有些担心，同时合上放信件的笔记本。

"有点热，整个屋子都是。"

"今天早上怎么样？捡了什么新东西回来？"

"没有，今天什么也没有。我现在去画室工作。本杰明呢？我有东西给他。客人来了就叫我。"塔玛拉一面嘱咐，一面朝楼梯走去。

几位美人鱼好！我叫拉拉，就是给你们的照片中那位金色头发的漂亮女孩！我是里面最瘦的那个，旁边是我的双胞胎姐姐丽莎，就是为了她，我才给你们写信的。去年二月十四号，正好是情人节，她本该跟她的罗贝尔托喜结连理，之前他们已经谈了足足四年恋爱。很浪漫，是吧？但那个"大人渣"却在婚礼前抛弃了她！我想，你们的**静修**旅行再加上我，可以帮她找回从前的笑容和失去的身材。没几个月，丽莎就胖了差不多十六斤，我实在不许，也不想她这样下去。我们已经准备好面对你们活动的**每一步**了。我是一个健康咨询师，很看重身材。我敢肯定，在你们那里她的身材会越来越好！我的客户言之凿凿地跟我说，你们那儿有游泳池！~~还有水按摩？~~不过，她来的时候网络很差，但我觉得应该不会有什么问题。另外，没有Wi-Fi，现在谁还能活得下去啊？

附笔：我需要**打车**到旅馆的地址。

达娜端详着照片里的两个女孩。很明显是自拍，拉拉笑容满面，丽莎尽量微笑，但有些勉强。她们真是一个模子里刻出来的，至少在去年二月，拉拉口中那个"大人渣"搅乱她们的生活之前是这样的。达娜觉得，那个"大人渣"也改变了她们的腰围。

伊娃紧靠着飞机的窗户。邻座是两个年轻人，身上有文身，没系安全带，也没有其他安全措施，两人含情脉脉，手挽着手，看得出来是热恋期的情侣。几个小时前，伊娃才在一家廉价航空公司订到位置。此前，她在主任那里软磨硬泡，主任最终同意让她出发，去调查她形容为"将轰动一时"的独家新闻，这个新闻会让她在"大牌探秘"的网站上得到上百万的点赞和广告收入。伊娃最近几个星期在跟一个叫奈曼的男人交往，她用 WhatsApp 给他发了一则很长的语音，告诉他她离开了，走得很急。她觉得奈曼不会等她回来。算他倒霉了。

伊娃觉得体内的肾上腺素在迸发，渗入血液，在大脑的神经递质间形成旋涡，大脑变得兴奋起来。这说明事情步入了正轨，她要的就是这种感觉。

她稍稍弯下身子，拿起先前放在座椅下面的提包，拿出"无情猎手"维珍那封信的复印件。字迹很难看，是维珍根据美人鱼旅馆预订房间的要求写的，后来，维珍把信放进了自己的文件夹。伊娃再读这封信，嘴巴轻轻咬着一支银黑相间的笔。那是她最喜欢的笔，是姨妈送给她的礼物，用来签她的第一份博客合同。

我丈夫认为我是个工作狂，应该放松放松。他觉得，我每天都跟邮件和短信纠缠不休，总是黏着电话，不知道抽出空来休息，就是因为这样，我才没法怀孕。妇科医生说，我的身体没有任何毛病。但卵子就是不合作。难道真是压力太大导致的吗？我很疑惑，所以我给你们寄来这封信，希望你们能接待我。你们在信中说，只接受真诚的人，要随时准备哭，准备笑，准备原谅，这是什么意思？我不想参加什么心理疗法集体座谈会。

伊娃的目光扫在最后几行字。"无情猎手"维珍可一点也不真诚，怀孕只是个幌子，为她调查失踪的曼茶罗·辛歌打掩护。难道不是吗？那天早上，维珍在编辑室打过电话，就在她自己的办公桌。跟电话里说的一样，她没有出发。一切都不出伊娃所料。旅馆只接受真诚的人，她就要违反这项规定了，但这非她所愿。接下来的时间里，她会是另一个女人，不，是两个：维珍和维珍打算假装的那个。

三

为了让出租车司机看到自己，拉拉挥了挥手里的大草帽，然后继续拉着行李——两个一模一样的箱子和一脸不情愿的姐姐。

在飞机上的时间虽然很短，但她还是觉得无聊，趁机用手机自拍了几张。还好有滤镜，她磨皮，去皱纹，提亮，提高饱和度，提高清晰度，自己也更开心了。她还像对待美容中心的顾客一样，抹香脂，戴美容面罩，涂精华液。

心情不好的时候，她会给自己做一个减压疗程，用蜂蜜去死皮，来个日光浴。但很少会这样。情况实在太坏，就每周去一次美容中心五号房的中国女孩莉莉那里针灸。从记事起，身体从没有背叛过她。与脑子不同，身体总是说实话，而这就是拉拉需要知道的。

这条上坡路是从石头上凿出来的，坑坑洼洼，像衣服的拉链一样，出租车爬起来很费力。坡下面的海岸线仿佛一条蓝色的披肩，徐徐展开，上面绣着帆船，船头、船尾、桅杆和固定风帆的绳索，两条沥青公路环抱着披肩，沿路的商店、咖啡馆、餐馆紧紧挨着，生怕掉进清澈如镜的大海。

拉拉习惯性地系好安全带，丽莎挽住她的手。离旅馆还有多远？

塔玛拉在从前的洞穴下面修了一间画室。达娜和本杰明在楼上走来走去，而她在画室里，能听见楼上的各种噪声——洗衣机嗡嗡叫个不停；吸尘器吱吱地响；开水壶咕噜咕噜叫得刺耳；椅子在地板上摩擦，发出吱吱嘎嘎的声音；餐具碰来碰去，发出叮叮当当的声音；还有叽叽喳喳的闲聊声和手机的振动声。

这些是除了寂静以外她唯一可以忍受的声音，在她的生命里一切都是音乐。吹风机的隆隆声和海浪的哗哗声也是。

她站在用柳条编成的大篮子前，里面装的不是木头、塑料和玻璃，是其他更大的东西，都是她费力从海浪中捡回来的。她将雕刻和绘画结合，一半雕刻，一半绘画，用这些东西创作了一些艺术品，本杰明奇思妙想，称作"雕画"：塔玛拉先把木板刨平，然后作画，精心雕刻，再装饰一番，最后把用纸浆做的美人鱼贴上去。

她最近作的一件"雕画"，描绘的是一条美人鱼，满头金发，正值妙龄，头上戴着碎玻璃做成的王冠，枕睡在一只锈迹斑斑的蓝色易拉罐上，易拉罐的表面围着带刺的铁丝网。虽然美人鱼面容安详，但她把这件"雕画"叫作《危险的梦》。

"为什么不叫噩梦？"达娜前些晚上问。

"因为噩梦像一部电影，到了时候就会结束。"

"那危险的梦呢？"

"危险的梦，就像那些续集不断的连续剧。"

"就像 Netflix 上的，对吧？"

塔玛拉开怀大笑。

去年圣诞节，她们交了电视费，在沙发上摊了两个星期，边吃爆米花边看电视，两个人欲罢不能，但后来把预订的节目取消了。

鼓起勇气提出退订的是达娜。之后她们重新开始阅读、聊天、下棋，享受晚餐。尤其是她们都以自己的方式，重新开始做爱。

乔纳斯坐的黑色轿车，在渡船闷热的内舱晃来晃去。一股难闻的尾气袭来，还混杂着汗渍、海盐和防晒霜的气味，恶气扑鼻，只吸了一口，就恶心得要命。这就是家的味道？这四十年，母亲像一条被禁锢在瓶子里的鱼，在墨尔本的圣基尔达海滩转来转去，难道这就是她思念的气味？

"地中海有一种独特的香味。"母亲一有机会就跟他说，"我们那儿的海，四溢着大地的芬芳：野茴香、刺山柑、阳光下的番茄、盐田和沙滩之间的葡萄树，香气扑鼻。而这里，"在圣基尔达海滩的人行堤道散步时，她指着下面的水说，"海水淡而无味，全是英国佬的味道。"

年轻时，她爱上了英国海军中尉菲利普·贝里曼，怀了孩子，便跟他来到澳大利亚。贝里曼承诺在这个袋鼠之国和她一起建立家庭，可实际上他们总是吵架，得到的只有债务和脏尿布。她从来没有原谅他。乔纳斯的第一颗乳牙还没长出来，父亲就离开了家。玛丽·贝丝·格雷奇成了憔悴、不幸的**单身妈妈**，乔纳斯·格雷奇·贝里曼性格孤僻，沉默寡言，总是容易生气，咬牙切齿，他父亲根本不知道他长出了乳牙。

他关上车窗，嘴巴闭得紧紧的。这次旅行会把他引向和解还是仇恨？他希望美人鱼明白其中的不同。

奥利维亚抓住鱼尾形状的黄铜门扣，用力叩了叩海蓝色的木门，按了门铃，似乎想立即唤醒久久午睡后的房子。

她又热又渴，头发蓬松柔软，像蛋奶酥一样。有时候她觉得，自己脑海中只有厨房和食物，没有其他东西。无论去哪里，无论做什么事，思绪总会把她带回自己心爱的烤箱。对她来说，人也是菜单上的主菜。一等菜，是那些公正、温和、坚定、慎重又果断、实际的人；二等菜，是那些优秀、勇敢、意志坚定但傲慢、鲁莽、神经脆弱的人。最后是甜点，这种人独特、有创意，感性、有激情，深情款款，虽然靠不住，可你就是无法抗拒。

她自己是一份加泰罗尼亚焦糖奶冻，外表紧致、脆弱，内里柔软、诱人。

"欢迎！"达娜笑得很灿烂，在门口迎接她。

奥利维亚马上将她分类。不，先把她盛到碗里。门口的这个女人属于一等菜，是南瓜、胡萝卜、仔姜做的蔬菜糊，甜甜辣辣的，外面裹着一层黑麦面包。

四

"要喝点儿什么吗？"达娜问，她把奥利维亚领向玻璃推车，上面放着三个排成一列的细颈瓶和一托盘的蔚蓝色水杯。"这儿有水果茶。"

"谢谢！您不知道，我累坏了。早上从家里出发，地铁、火车、飞机，然后公交车、轮渡……我觉得这一趟，把能坐的交通工具坐了个遍。"她自嘲道，"我现在只想老老实实躺着，能躺多久就多久。"

"那您可来对了地方。"

"我也是这么想的。"她说着，一屁股坐在黄麻坐垫上。"我是来得最早的吗？我怕来晚了。信里说，必须在下午三点到四点入住，谁要是迟到了……就不能在这儿住。"

"对，这虽然不是规定，但也是一项测试。我想您会明白这样做的意义。"

"对了，还有那些信！谁现在还手写啊？"

"您不就写了吗？这很困难吗？"

"有点儿……奇怪。好像重新学会我本来就会的东西，只不过之前忘记了。"

"失陪。"达娜轻轻说，门铃又响了，她从聊天中抽出身。

门口站着两个女人，轮廓一模一样，但风格不同。就像两本菜单，封面一样，但主菜不同，奥利维亚觉得，第一份是草莓果汁和香槟，第二份是奶酪和蘑菇做的烤薄饼。从心理美食学的角度来看，这两样很不搭，给人不舒服的感觉。

"请进，随便坐。"达娜迎接她们时说道，"丽莎和拉拉，对吧？"

"是拉拉和丽莎。"前面的女孩儿纠正说，同时拉着姐姐，"我们算准时吧？"

"时间正好！要喝点儿什么呢？柠檬、薄荷还是黄瓜？"

拉拉扫视着推车上的水果茶，然后把目光移向客厅，看了看在坐垫上休息的奥利维亚，心想：这个女人头发干枯，没有光泽，脸色憔悴，需要去死皮和戴美容面罩……这个女人需要她。

"我要薄荷。"她立即回答，"丽莎，你呢？"

"黄瓜，谢谢。"

达娜倒好水，给双胞胎姐妹送去，让她们坐在钴蓝色的天鹅绒沙发上。

"很快大家就到齐了。"达娜说，"然后我们分配房间。我会告诉大家作息时间、各种活动、习惯……"

拉拉挥了挥手机，做好自拍的姿势，插了句话。

"Wi-Fi 密码是多少呀？"

"这个我会告诉大家……"达娜继续说，这时候，拉拉起身，把客厅的各个角落都拍了下来。

"嗯……拉拉，请您不要把旅馆的细节和信息放在网上，可以吗？"

"我会打好广告的……"

"这个我相信，但是我们不想要广告。您知道，我们不做线上，我们希望来这儿的是像大家这样的有缘人，而不是其他随随便便的人。"

拉拉坐了下来，显然有些失望。

"游泳池在哪儿？"她问。

"在楼顶，带大家参观旅馆的时候我会介绍。"

"沙滩有多长？"

"九百七十九步。"

"真的数过啊？"

"对，我的同伴叫塔玛拉，她每天早上去海滩的时候都会数。"

"大概七百米。"拉拉用手机的记步软件计算。

"真的吗？"达娜笑着说，"丽莎，您怎么样？旅途如何？"她试图把双胞胎的另一位拉进对话。

"很好，谢谢。"丽莎小声说。她目不转睛，盯着杯底像精疲力竭的金鱼一样的黄瓜片。"只是有点儿累。"她承认说，揉揉花了妆的眼睛。

"想躺下就躺下吧。"

"谢谢，没关系，这里很好。非常……非常热情。只是那幅画……"她又说，手指指向塔玛拉的一件"雕画"。

达娜克制住自己的不悦。《围圈欢歌》是塔玛拉的作品中达娜最喜欢的一件。一个美人鱼小女孩，满头栗色的鬈发，通体红润，没有鳞片，在花园般的绿色波浪中遨游，五彩斑斓的鱼群将她围住，个个张嘴大笑，露出锋利的玻璃牙齿。好像想跟她打招呼。好像想亲吻她。好像想杀死她。

"雕画"的背景是海蓝色的，塔玛拉在上面用喷漆画了三个金色的十字架和一个缩写词"MB"。每当觉得创作了一件好作品，她就会画上这个签名。她尽力做到了最好，"My Best"，至于十全十美，她做不到，也不想做到。

她走远几步，看看成果，然后放下工具，摘下沾有树脂和颜料的胶手套，解下防水围裙。这围裙是她从船帆的边角料上裁下来的。她在嵌进岩石的洗脸池里洗了手，把画笔、调色刀、小裁刀也放在里面。

这时候，她又听到了楼上的动静：脚步声、高跟鞋的噔噔声，拖行李的声音和杯子磕碰发出的叮当声。

她转过头看几点了。身后的墙上歪歪扭扭地挂着一面旧钟，她在钟上重新画了珊瑚、海藻和柳珊瑚，俨然成了一个珠宝盒。现在是下午三点四十五分。

是时候露面了。

乔纳斯坐的黑色轿车正在爬坡，卷起旋风状的沙尘，好像沥青公路在吐气，给自己降温。公路上温度很高，热量传递到了轮胎、鞋子、脚和膝盖。

眼前的岛屿跟他期待的不同。他想的是另一番景象：海边蓝白相映的楼台[1]、阳光下闪烁的半月形沙滩、茂密的橄榄树、葱郁的山丘。而这片土地贫瘠干燥，只零星点缀着几簇浅绿的野茴香、几丛蜡菊、刺山柑和叶片皱曲的仙人掌。用本地石头砌的墙和房子有些泛黄，与蔚蓝的天幕形成反差，好像天空下的尘埃。玻璃似的海浪像母亲的眼睛一样明澈，拍打着近乎深红的沙滩。母亲就是用这么明澈的眼睛，永远告别了这座岛屿，大海占据了她的双眼，似乎要护送她离开。母亲就是用这么明澈的眼睛，在永远紧闭之前，对他说出了永别。

下车前，他给了司机一份丰厚的小费。他忽然感觉精疲力竭，装着母亲的骨灰盒的包包，感觉比往常重了一倍，现在到了她想到的地方。他的手撑在旅馆的大门上，像疲倦的朝圣者，而不是度假的客人。他缓了几口气，然后按了门铃。他只会更从容地从这里走下去。

1　蓝白相映的楼台是地中海沿岸的独特风格。——译者注

五

　　伊娃扮成了维珍，正在赶往旅馆的小型巴士上。她又看了看手机，与巴士上的电子表核对时间。她很清楚自己要迟到了，但不知道会迟到多久，不知道这四个轮的铁皮罐儿还要不停地颠多久。几个小时前，她才在伦敦的希思罗机场预约了这辆换乘巴士，一从渡口出来，就发现巴士在等她。她选这辆车的原因是名字太搞笑了——白金汉宫修车厂。可惜她一点也高兴不起来。不仅空调坏了，面对炎热的天气和糟糕的路况，车子的减震器也受到了影响。车子每次颠簸，她也会跟着晃动，她坐的座椅包着劣质假皮，斑点驳驳，也因为天气太热变得黏黏的，让她很烦躁。

　　一对夫妻和两个扎着辫子的金发女孩坐在巴士后面，紧张、激动地尖叫起来。他们是一家人，从雪白的肤色来看，应该是北欧人。

　　司机把车停在烈日炙烤的空地上，满意地嘟囔了一阵，伊娃才明白已经到了目的地。几乎到了。眼前这条公路，顺着干燥的泥黄峡谷延伸而去，通过修车厂负责人的只言片语和手势推测，旅馆就在这条上坡路的尽头。

她只能认命，步行走完这段上坡路。她踏上公路，心里感谢滚轮、箱子和伸缩把手的发明者。身后的小巴士加足马力，发出轰隆的声音，往离这儿最近的村子驶去。

旅馆说得很清楚，不接待下午四点钟过后才到的客人。现在已经是下午三点五十三分了。伊娃还有七分钟可以冲到终点，还差七分钟就可以变成维珍。

"奥利维亚、乔纳斯、拉拉、丽莎。"达娜叫了所有人的名字，让他们围桌而坐，"首先，我们欢迎大家来到这里。"同时示意塔玛拉过来，"我要向大家介绍另一位美人鱼，她会和我一起负责大家在这里的生活。"

塔玛拉微微一笑。开这家旅馆是达娜的主意。她放手让达娜做，没有鼓励她，但也没有阻挠。她比达娜大十二岁，有自己的"雕画"和回忆，也不必为生计操心。达娜三十二岁，有一个儿子要养，有一长串计划想实现。她需要存点儿钱，让自己能够独立。所以，塔玛拉同意达娜开这家旅馆。她不喜欢一帮子陌生人在家里，但如果想来寻求指引，倒是可以。这种指引可能会改变他们的一生。当然，旅馆的经营时间、规定和模式，由达娜负责。

塔玛拉已经不是刚登上岛时的那个她了。达娜也不再是那个面黄肌瘦、担惊受怕的女孩儿。几年前，达娜来到门口，请求塔玛拉给她一份工作，给她和几个月大的本杰明一口饭吃。

或早或晚，我们都需要一个可以歇脚的地方。需要一个地方，让我们卸下身上背负的东西：伤痕、内疚、遗憾、绝望、痛苦、犹豫、悔恨、失败、恐惧。在这里，时间在我们身旁凝结，支撑我们，而不是挫败我们，对我们步步紧逼，向我们问罪。这里没有昨天，也没有明天，只有无穷无尽的今天，只有现在，只有下一刻。

塔玛拉叹了口气，打量着新来的客人，想记住他们的特征：乔纳斯的瞳孔像海蓝宝石、奥利维亚的肩有些变形、拉拉的头发很浮夸、丽莎的嘴唇没有血色……维珍的目光非常锐利。维珍正像幽灵一样出现在门口。看眼睛，就知道她既擅长隐藏秘密，也可以揭露秘密。

"欢迎！"达娜一边说，一边迎着维珍走去，"我们正开始……"

"但是，还差一分钟才四点！"新来的这位喘着气说。她顶着下午的烈日，费尽辛苦才到达这里。

"其实我们刚坐下。要喝点儿什么？"

"啤酒有吗？"

"有水果茶。你要薄荷、柠檬，还是黄瓜？"

"好吧，都行……"伊娃 / 维珍有些失望，她把行李箱留在大门口，走到大家围坐的木桌旁，"大家好。"她说，直挺挺地坐在乔纳斯和拉拉中间。

乔纳斯正在看这座岛的地图，拉拉的指甲修得很完美，涂着天蓝色的指甲油。塔玛拉没有说话，静静地看着大家。她是这里年纪最大的女人，伊娃 / 维珍看到她的身材，非常惊讶，阳光、沙滩、海风、汗水改变了从前那张完美漂亮、百般呵护的脸。改变那张脸的，或许还有眼泪。

　　"好，现在人都到齐了，我们可以开始了。"达娜开始说。

六

奥利维亚选择了二号房，她在卧室门口迟疑了片刻。沙黄色的地板上画了一张鞋垫，鞋垫上面有两只天蓝色的脚印，写着"感谢带你来这里的人"。

如果可能，她会照那句话做，可是感谢巴勃罗，这实在太难。他现在正跟他的笨蛋女友在马贝拉。他背叛了奥利维亚，还想把她从巴塞罗那的那家餐厅排挤出去。奥利维亚为这家餐厅费尽辛苦——选址、装修、经营，好不容易才取得了一点成功。伤她最深的另有其事。爱情无法天长地久，她从初次接吻时就明白了：爱情像我们心中的蝴蝶，无法永远飞舞。我们的心像一片花园，而蝴蝶早晚会停下来，变成花丛中的一朵，或者成为别的蝴蝶、别人的心和别人爱情的养料。

她的蝴蝶早就这样了。那时，巴勃罗不再等她的蛋奶酥在烤箱里膨胀，蛋黄酱膨起，酵母发酵，她和巴勃罗不再合二为一，而是一分为二，各顾各的。

奥利维亚把钥匙插进锁孔。钥匙上的木美人鱼吊坠儿在门把手下面晃荡，美人鱼脚下空空一片，好像在荡秋千。其实，她正走向另一个自己。她会跨过现在的自己，变成潜在的她。所以她才来到了这里，学会放飞自我。

她推开门，把行李放在屉柜旁边，仔细看了看房间，觉得宽敞又明亮。房间顶部有两个方形的窗户，刚装上防蚊纱帐，窗户之间放着一张双人床，她坐上去，试试床垫的弹性。这时候，她注意到深蓝色房门背面的字："发生的事，冥冥之中早已注定"。

奥利维亚叹了口气，垂下紧绷的双肩，松开紧握的双拳，眨眨眼拦住打转的泪水。

"三天用来哭泣，三天用来疗伤，三天用来行乐。一天用来庆祝。"达娜刚才介绍未来十天的规划时这样说。

奥利维亚是二号美人鱼，已经很好地进入了状态。

拉拉第一个进入一号房，这是最大的房间，有一个能看见海景的阳台。

"丽莎，快点儿。你要哪张床？"她问身后的姐姐，丽莎正试着弄明白脚下的一串字。

"感谢从今往后你经历的一切。"丽莎大声读出来。

"拿着，帮我拍张照片。"拉拉回答说，同时把手机递给丽莎。

房间里有两张一模一样的床，书桌、衣柜、单人沙发也是成对的，样式一模一样。

"她们怎么知道我们会正好选这个双人间？"

"可能所有房间都一样吧。"

丽莎摇摇头，没有回答。"我要右边的床，可以吗？"

"完全没问题。"拉拉回答道，同时打开衣柜和行李箱，她想把第一个衣柜塞满，把第二个行李箱也腾空，"我先把衣服放好，然后穿比基尼。我现在就想去游泳池！"

丽莎这时正在琢磨"休憩法宝"。

"你看，这儿有两根白蜡、两个笔记本，还有一些红线和蓝玻璃珠。你觉得是拿来干吗的？"

"嗯……可能没什么用吧。我觉得这两位老板娘支持新纪元运动，是信奉整体论的嬉皮士。[1]"

"什么？"

"就是既相信整体论，又是嬉皮士。我在脸书上看到的。快，你也穿上泳衣。"拉拉鼓动她说，"我觉得她们还是同性恋。"

"我觉得只是朋友。我不想游泳。"

"我想。真的太热了，等不了了！"

"我可以留在这儿吧？想休息会儿。"

"你累了啊？吃药了吗？"

"吃了，别烦我了。"

"我是关心你。"

"我知道。"

"那你就留在房间里吗？"拉拉追问道，她穿上火红的胸衣，

1　新纪元运动是一个社会与宗教运动，流行于二十世纪六七十年代的西方。整体论是一种哲学观点，主张从整体、系统的观点来看待事物。——译者注

胸部不算丰满，皮肤倒是已经让阳光晒得黝黑，身材也像模特一样完美。

丽莎点点头，随意摊在小沙发上。

"好吧，那你好好休息。但是你也听达娜说了，明天就要开始节食、做瑜伽，好好静修。"

"可你用不着啊，看看你这身材。"

"你需要。反正，瘦身永远在路上。我在……Instagram（照片墙）上看到的，我记得是。那个博主说……你帮我拍张照片吧？"拉拉边说边欣赏着全身镜里的自己，"等一下，我在这儿拍。"她确定拍的地方，站在门后，"用天蓝色做背景，我的比基尼看起来更棒。好了吗？谢谢啦！我先发出去。待会儿见。"拉拉走上前说，同时给了丽莎一个飞吻。

伊娃拖着行李箱上了楼，刚看见门口鞋垫上的字——感谢一直走到今天的自己——就关上了门。她太累了，要洗个澡。从浴室出来后，整个人感觉焕然一新，她拿出带来的电脑、文件、专业相机和报纸上剪下来的纸，躺在床上。

伊娃很不开心，因为旅馆限制使用 Wi-Fi，事先就规定好了每天只能用两个小时。瑜伽和静修节食的提议也让她很不开心，但幸好不是必须参加的活动。她更喜欢在游泳池游泳，坐皮艇出去玩，或者是享受晚餐。无论如何，她不是来度假的。她还有任务要完成，一心一意想完成这项任务。

从什么地方开始呢？她看了看昨天晚上整理好的档案。先看了一遍曼荼罗·辛歌的背景资料，还是没有发现辛歌的真实名字和年龄，只知道她父母是英国人。二十世纪七十年代，她出生在澳大利亚，在巴厘岛、果阿[1]和印度其他地方长大，后来去了伦敦，成为著名歌星。她有四张专辑，每张一出来，很快就登上排行榜，赢得金唱片奖项和国际声誉，成为卖座电影的插曲。第一张专辑的名字叫 M，当时很新潮，总共十首歌，辛歌的声音粗犷，而非轻盈，抑扬顿挫，很有张力，能唱到很高的音，非常罕见。评论家称她为"咆哮的夜莺"。之后她继续"咆哮"，参加电台、电视节目，登上报纸头版，交了几个男友，都是社会名流。但每次狗仔队偷拍她，都非常吃惊，因为她总是化着妆，从来不露出真面容，至少公共场合不会。眼睛周围化着近乎黑色的深蓝色浓妆，然后渐渐褪去，上下眼皮都画着眼线，眉毛很淡，几乎没有，这就是著名的"曼荼罗妆"。头发呢？很长，火红色，她总把头发归拢在一起，盘成发髻，造型十分奇特。失踪前的最后一张专辑的封面上，她才把头发散开。

那张专辑叫《滔天巨浪》，封面很诡异：她扮成一条美人鱼，用树叶遮住胸部，两条腿用银色的胶片裹着。茫茫大海中浮着一个透明的浴缸，她躺在里面，用长长的彩色吸管喝海水。不，是她们喝，因为用了蒙太奇的拍摄手法，两个一模一样的曼荼罗·辛歌面对面坐着。

那张照片有十年了。伊娃当时正在读网络新闻硕士，每天都

---

1 果阿是印度的一个邦。——译者注

紧盯网上的八卦新闻。曼荼罗·辛歌的消息，大家都是从她那里知道的，她把辛歌的一切都查了个遍，歌也听了个遍。

这个夏天，不管在哪里，她每天都放辛歌的唱片，尤其是那首单曲《滔天巨浪》。这首歌，人人都以这样或那样的方式听过、唱过，伴着它起舞过。总之，这首歌无人不晓，除非生活在与世隔绝的洞穴里，不涉足外界一步。"滔天巨浪"世界巡回演出让辛歌变得更红。演唱会从美国开始，第一场在迈阿密，随后登陆欧洲：爱丁堡、伦敦、柏林、慕尼黑、布鲁塞尔、巴黎、巴塞罗那、米兰、陶尔米纳。在陶尔米纳的希腊露天圆形剧场，这位明星宣布将和家人度一个长假。她女儿叫米娅，已经五岁了，但没人知道女孩的父亲是谁。她的男伴叫杰伊·怀特斯通，是名吉他手。他们三人登上了一艘豪华游艇，打算在地中海玩一圈，但从那以后，再也没有回来过。到了戈佐岛，小米娅消失在大海中，曼荼罗·辛歌在戈佐岛某个不起眼的角落躲了起来，杰伊·怀特斯通去了迈阿密，据伊娃所知，他再也没有碰过吉他。

伊娃看了一遍昨天晚上记的笔记：跟搜索米娅的警长面谈；找出到海底搜救的潜水员；找到事情发生后所有与伤心欲绝的辛歌联系过的人……其实，悲剧发生的真正原因还没弄清楚。

是谁把米娅带到了沙滩和马萨尔福恩港之间的外海？原因又是什么？跟米娅一起的，真的只有她母亲吗？报纸报道，曼荼罗·辛歌和她女儿坐着一艘玻璃舟，离"游霓号"游艇越来越远。那艘小舟是专辑《滔天巨浪》发布时游艇公司送给曼荼罗·辛歌的礼物，本来应该只是一次轻松、欢快的母女行，结果却成了生离死别的悲痛之旅。但当时怎么没有一个保镖陪同？为什么会离游艇那么远？

伊娃把脑袋放在枕头上，按摩太阳穴。她很有信心，觉得自己会找到所有的答案，从来没有她解不了的谜。就在这时，她第一次把目光移到正对着她的门上，上面写着金色的字："时间自有定数"。她抬头看看天花板，对刚才看到的话不屑一顾，随即闭眼睡去。

七

　　乔纳斯不急着占房间，客厅外的楼台上有用柳条编成的小桌子，他索性坐在桌子旁边，透透气，熟悉风景。眼前的风景，他不知道该说是荒凉还是自然。无论如何，没有让他觉得烦躁……但也限制着他的思绪，只想着少许无聊的事，像周围的风景一样枯燥。面对毒辣的太阳，这里的风景凭着坚毅的耐力保护自己，生存了下来。有时候他会在科威特转机，在那里他发现了一种小植物，这种植物在缺水的沙漠中忍受酷热，能存活很多年，然后把隐藏的种子放出来，种子一碰到雨水就会发芽。他依稀记得那种植物叫"Keff Marjam"，意思是玛利亚之花。他带了一株当作礼物送给妈妈，但飞机上的空调把枝叶吹枯萎了，隐藏起来的种子也不能发芽了，最后只能扔掉。可那种不顾一切，想要开花的冲动，深深折服了乔纳斯。这件事过去很久了，现在又浮现在脑海里，他心中有东西在消融，变得清晰，这两天以来，他第一次松了牙关。

"仙人掌果刨冰，给您来点儿吧？"达娜提议，她走近乔纳斯，手里拿着托盘，上面放满了小杯子。

"谢谢，非常乐意。我很喜欢这里。"乔纳斯答道，觉得自己应该说点什么。

"这个地方，要么喜欢，要么讨厌，没办法介于两者之间。"

"那我应该是喜欢这里。"

"可您还不熟悉这里呢……"

"一见钟情，也可以是对一个地方嘛。"

"也许吧。但我不相信那些一见钟情的爱情。我更相信第二眼才爱上的人，眼光更准……"

"我能问问是什么样的眼光吗？"

"用心看的眼光。第一次是用眼睛，第二次是用心。"

"那第三次呢？"

"脑子，但那就太迟啦。"

"什么太迟了？"

"爱啊。"

"我们不能用脑子爱吗？"

"用脑子爱，得到的是二手货！因为脑子会模仿心，却学得不怎么样。"

"您这说法还挺有趣的。"

"您有其他想法吗？"

"哈哈，可多着呢。我感觉这里很适合讨论这些东西。"

"我敢打包票，找不到比这里更好的地方啦。"达娜笑道，把翘在耳边的一绺头发拨到耳后，"我把刨冰放在厨房，您要的话就拿。"

乔纳斯微笑着回应达娜，他把小勺子放在自己那份水果刨冰里。他已经爱上了这座岛，希望能在这里找到自己想要的东西。

塔玛拉绕着桌子走了两圈。每当心里有疑惑，拿不定主意的时候，她就会这样。她要么把疑惑埋在心里，直到证实它；要么把它压住，永远留在记忆深处。她选择了第一种，把疑惑留在心中一段时间，之后如果有必要，再一吐为快。塔玛拉站在烤箱前，斜睨着煮锅和平底锅里的东西：鱼肉肉桂馅饼、山羊奶酪鸡蛋饼、豆泥和全麦烤饼，用番茄和生姜做的西班牙凉菜汤，马耳他特制番茄酱和刺山柑猪肝酱。

晚上的接风宴准备了很久，满满一桌子菜显得非常隆重。这场宴会是对客人的测试，不知道客人们是像面粉搅在牛奶里一样很快打成一片，还是会结成块，需要搅拌器搅拌才能溶解？

"你要来点儿刨冰吗？"达娜突然在塔玛拉身后说。

"你别老是这样。"塔玛拉被达娜吓了一跳。

"什么？刨冰吗？"

"我是说这样走路，一点儿声都没有！"

"你知道我穿了'轻风鞋'呀。"达娜开起玩笑，伸出一只光溜溜的脚给塔玛拉看。"你喜欢西北风呢，还是东北风？"

"鞋扣、冰刀、鞋钉，你穿点儿什么有响声的吧。"

"那我弄个铃铛？"

"嗯……好主意。本杰明在哪儿？"

"去隔壁了，在跟西晴一起玩儿。"

"还有西晴的小狗。我们早晚得让他养一只。"

"我知道……"达娜叹息着，把托盘上的刨冰有条不紊地放进冰箱，"你觉得怎么样？"

"圣诞节我们可以带他去卖小狗的宠物店。"

"不是，我是在说这些客人。"

"有些我挺喜欢的，有些嘛，就没那么喜欢。我觉得他们的目的很不一样，不知道你怎么才能把他们融合到一块儿。"

"用这个！"达娜晃了晃手里的厨用搅拌器，"我一直都是这样做的。"

"我担心这次可能不行，特别是那个英国人维珍。"

"啊，那是你的菜，你来搞定她。"

"'我的菜'是什么菜？"

"就是那种特别自我的人。"

"你的意思是我很自私？"

"不是，只是你只会从你自己的角度看事情。"

"……于是你就把麻烦丢给我了。"

"因为他们可以带来很多乐趣啊。你能到楼顶去一趟吗？拉拉在游泳池，可能在吃刨冰。我现在把晚饭准备好。"

"收到，老板！"

"是老板娘，谢谢！"

塔玛拉点头示意，朝楼梯走去，越想越觉得自己上当了。最近几个月，这家"停歇"旅馆的重担和开销已经让她疲惫。更糟糕的是，她已经厌烦了。她得承认，是达娜挑起了旅馆大部分的担子。

如果可以，就是说达娜允许，她会一头栽进画室，再也不出来。时间腐蚀了她紫红色的心，形成一块水潭，她会继续在心中这片海洋遨游。她已经为下一幅"雕画"起好了名字：《心中悲剧》，她迫不及待地想把这块水潭画在上面。

但她正在上楼，朝阳光走去，刨冰融化了，糖水滴在干渴的手上，滴在干枯的木梯上。

奥利维亚在床上翻来覆去，决定起床。她从带来的印花大包包里拿出一套金绿相衬的连体泳衣匆匆穿上，连镜子都没顾上照。三十九岁的年月一览无余，皮肤缺乏护理照料，但因为常年在烤箱前度过，抬锅掌勺，搬箱子，搬面粉，搬蔬果，肌肉线条清晰可见。接下来的九天，她不会做一道主菜，但很乐意品尝达娜和岛上其他餐厅做的松果刨冰。

她试着想象未来几天的日子，但想不出来。还是专注于眼前吧！眼前是游泳池，她期待在这场奇特、孤单的旅行中，第一次跳进游泳池。这是巴勃罗挑明出轨后，她的第一场旅行。

她从带来的一堆衣服里，抽出一条沙滩巾，穿上来时就穿着的人字拖。是时候独自前行了。消化生活为她奉上的菜肴，准备尝试其他菜单、其他味道、其他搭配，或许还有其他爱情。

八

　　楼台的桌子上铺着白色餐布，摆着白色蜡烛，九重葛的藤蔓也爬到桌上。拉拉疯狂地拍照，一心想捕捉晚霞照耀下的玻璃杯、钢制餐具和湿湿的云彩。湿云从峡谷升起，越积越重，往山丘飘去。天空越来越红，她对着自拍杆，撩拨头发，有时披散在肩膀，有时束在一起，有时散乱狂野，让自己在这些照片中永存。

　　她也穿着白色的衣服，深信很少有女人懂得，穿白色会让人的身体和灵魂、让一切熠熠生辉。而黑色则会掩盖和隐藏。她的衣柜里只有几件暗色的衣服，一件烟灰色的，一件褐色的，还有一件黑色的小礼服。其他的则五颜六色，红色、绿色、黄色、玫瑰红、天蓝色。她只忌讳橘色，因为跟肤色不搭调，觉得橘色代表幻象和无望的等待。

　　几个月前，她开始学习光疗。她买了两只光疗专用的灯，装在美容中心的两个房间里，里面色彩斑斓。如果打烊后还有时间，她就躺在按摩床上，小腹朝上，让不同的射线以不同的强度抚摩自己。皮肤好像一张皮布，能吸收所有的光线。结束后，觉得自己更轻盈了，毫无疑问，也更开心了。另外，她不是一个悲观的人。从来都不是。她从前忧心、焦虑、紧张、疲惫、失落、迷茫，担惊受怕，流过眼泪，受过痛苦，但从来没有绝望过，甚至母亲去世时也没有。母亲的子宫孕育了她和她姐姐，而母亲也因为子宫癌去世。

"痛苦就像一个计时器。"一天化疗的时候，母亲这样告诉拉拉，"什么时候关掉，得你自己决定。"

她很快就明白了，并设置好了自己的计时器。她匆忙关上，只流了几滴眼泪，肚子痛了一阵，哽咽两下，就若无其事了。

"痛苦是一扇门。打开它，你就会看见里面的东西。"母亲时日无多的时候告诉她。

母亲像她自己说的那样，怎么来的，就怎么离开了。没有哭泣。

拉拉倒在椅子上，从手机里的众多自拍中，找到了妈妈比琳达受命运折磨前的最后一张照片：她穿了一件白衣服，坐在花园里的大沙发上，面带微笑对着镜头。她很喜欢花园，生病前每一天都精心打理。

过了一会儿，其他客人也零零散散地出现了。丽莎挨着妹妹坐，乔纳斯挨着丽莎，奥利维亚独自坐在桌子的一头。伊娃 / 维珍快步走了过来，她是最后一个，挑了剩下两个位置中的一个，她觉得另一个空的位置应该是塔玛拉的。没过多久，她看到了令人吃惊的一幕，一个九岁的男孩坐了过来，也可能十岁，他很贪吃，是个话痨，一点也不害羞。

此时，达娜和塔玛拉忙前忙后，从厨房进进出出，她们配合默契，把汤菜端上桌，给几位客人介绍菜肴和做法，聊聊岛上的奇人异俗。甜点上了美味的鱼肉肉桂馅饼，蒲公英、蜜蜂花和豆蔻熬的药汤也端了上来，只是这时候，大家的对话变成了一场出乎意料的沉思。

丽莎说她在房间里找到了"休憩法宝"，里面有红绳和蓝玻璃珠，她问究竟是拿来干什么的，本杰明和达娜就开始讲述他们眼中的内阿与奈依的故事。

内阿和奈依是两条美人鱼，她们为了探索陆地，违背了大海的法则。

"一天，"本杰明两脚踩在椅子上，开始讲起来，"有两条情同姐妹的美人鱼，她们觉得该去看看大海……上面的世界了！就这样，她们游了几千里，去找一座有'黑色灯塔'的岛，《美人鱼全书》说，岛上藏着可以找到幸福的地图，美人鱼奶奶把尾巴变成了腿和脚，也住在那里。"

"可是在看到灯塔之前，她们遇到了一场突如其来的猛烈的暴风雨。"达娜继续说下去，"为了在汹涌的海浪中活下来，她们抓住两根长长的珊瑚枝，直到惊涛骇浪退去，海面恢复平静。两条美人鱼精疲力竭，饥肠辘辘，吓丢了魂儿，她们的眼泪变成透明的珍珠，穿成了一条手链。"

"她们把那条手链当作报酬，让一个渔夫用船把她们送到'黑色灯塔'所在的岛上，然后在那儿找到了'幸福地图'，幸福甜蜜地生活下去了。"本杰明给这个故事做了个结尾。

"其实，《美人鱼全书》没有说她们被带去了哪儿。说不定现在还在海里游呢。"达娜反驳道。

"妈妈，才不是呢。她们生活在'黑色灯塔'那儿，她们想的时候，就把脚和腿变成尾巴，回海里游泳！"

"不管怎么样，红绳是我们逃生时抓住的珊瑚，代表生活，是我们与故乡的联系。玻璃珠是我们流下的眼泪，有时候，这是我们拥有的唯一财富，我们得感谢它。"

"我不这样觉得。"拉拉带着几分怒气说，"眼泪对任何人都没有任何用。微笑也一样。不过骂人倒是有用。"

"拉拉！"姐姐呵斥道，同时目光下移。

本杰明突然大笑起来。

"可能眼泪、笑容、脏话都有用，情况不同而已。"达娜边笑边解释道。

"不过问题还是没解决，我不知道我们要红绳和珠子做什么。"奥利维亚插话说。

"我建议大家用红绳把珠子穿起来，打好结，自己带着，这就是你们需要做的。你们可以每天拿在手里转，感谢拥有的一切，请求原谅，问问想要什么，想回忆什么，想忘记什么……"

"简单来说，就是建议我们祈祷吗？"伊娃讽刺道。

"如果你们愿意，也可以祈祷。红线和七颗珠子只是一种工具，用来……"

"认识？"

"联系。"塔玛拉更正说。

"和谁联系？"

"和我们自己。"

"所以跟上帝没关系吗？"伊娃又问。

"如果你信上帝，那就向上帝祈祷；如果信宇宙，那就向宇宙祈祷；如果信自己……"塔玛拉沉默了，凝视着远方。

这时，峨眉月[1]爬上夜幕，在昏暗的夜空中发出一道细长的黄光。在那儿，在微风和层云中，月亮会静静指挥星辰、海潮和伤心的人奏起管乐，直至太阳苏醒。

---

1 峨眉月是一种天文现象，这里是新月峨眉月，即从月初不断盈满的月相。

九

黎明时分，天空一片橙黄，朦胧、轻淡，是作水彩画的绝佳颜色。塔玛拉创作"雕画"的时候，虽然试了很多次，却一直没能调出这种颜色。但这种颜色她很熟悉，往常独自散步时的天幕，早晨游泳、昨夜轻风拂过泛起涟漪的海面以及沙滩，常常是一片橙黄。

塔玛拉洗了脸，穿上连体泳衣，外面套了一件白衬衫，用蓝色的亚麻丝带束腰，然后拿起地上的木盒和她跑步时穿的柔软的运动鞋。

从前，她可以炫耀她模特般的身材，出门时总离不开高跟鞋。这样的日子已经过去很久了。

塔玛拉叹了口气，准备离开房间，但刚打开一条门缝她就停下了脚步。楼顶有人，可她不太想说话，早晨她一直都是这样的。就算再过几个小时，她也不会多么健谈，只有每天游完泳的时候，她会变得爱说话些，不那么孤僻。

伊娃这时正拿着长焦距摄像机拍已经泛白的地平线。

"维珍，早上好。"塔玛拉打招呼道。

维珍既没有回答，也没有转头。

"早上好，维珍。"塔玛拉又提高嗓门喊了一次，还是没有应答。她只能轻轻拍了拍维珍。

伊娃/维珍吓了一跳，她转过头，一只手放在胸前。

"我没想吓您，如果您还要等的话……再过十分钟吧……太阳的色调会更深。"她向维珍解释。

"谢谢。其实我在观察这片景观。想熟悉一下，分清方向。"伊娃说着从牛仔短裤里掏出叠着的岛图，打开问，"比如这个，是什么教堂啊？还有下面那个海湾，叫什么名字？"

地图上的图案用钢笔胡乱圈着，墨迹是蓝绿色的。塔玛拉心想，游客才不会做这样的标记，这个人应该想找什么东西，而且知道怎么找到。

她又一次感觉疑惑在体内乱窜，正好位于胸腔，那里积聚着恐惧、焦虑、不祥的预感、后知后觉。她又一次将疑惑缓和下来，让它改变方向，塞进本就不平静的心中。

"我正要去沙滩。您一起来吗？"塔玛拉忽略问题，反问道。

"这么早吗？"

"现在的海最慷慨，最适合倾诉。"

"我一直都认为海是很好的倾听者。"

"不了解它的人都这样觉得。"

"您呢，了解大海多久了？"

"啊，这跟时间没什么关系。"

"那跟海有关系吗？"

"跟万事万物都有关。您不信吗？"

伊娃哑口无言，有话说不出。言语通常是她的利器，这次却无法出鞘。面前这个女人给她一种模糊的感觉，无法看清。可能最近几天身体疲惫，精神紧张，这在考验她众人皆知的分析能力。

她只得点点头，望着这座浮在地中海上的岛屿。

"希望您今天开心，维珍。"

"你也是。您……"伊娃抱歉地说。

"没事，你不用客气，就以'你'相称吧。"

"嗯……我会去沙滩的。"

"我和大海在那儿等你。"塔玛拉说，同时朝楼梯走去。

达娜低着头，在切水果和蔬菜，一会儿再把水果和蔬菜弄碎，用离心机榨汁，最后加上香料和一些粉末，就做成了她最拿手的一种排毒饮料。她深信，食物首先要滋养灵魂，准备食物的时候，要尽可能多地融入爱和快乐。

"跟好菜比，没有比悲伤的菜更糟的啦。"她总是这样对塔玛拉说。

达娜很开心客人里有奥利维亚这样的厨师，希望跟她分享一些诀窍和秘方。总的来说，在破除人交往时的习惯性行为这方面，她觉得这些客人成功迈出了第一步，但要过两个小时吃早饭的时候才能确定。

几分钟后，达娜要带客人进行这周的第一次精力恢复训练。

她告诉他们，能在训练开始前起床，就来参加。她打赌拉拉会来，丽莎不那么确定。奥利维亚可能也会来，还有乔纳斯。但维珍肯定不会参加。那姑娘晚上把自己关在房里，灯亮了许久。达娜想在架子上找点山泉水，好放在苹果和菠萝榨的无渣果汁里，也许会对溶解硬渣有用。

"你已经醒了啊！"拉拉想确认姐姐醒了，同时她舒展四肢，身上穿着褐色的女式短睡衣。"你在干什么？"她问道，一边按摩颧骨。

丽莎坐在另一张床上，背对拉拉，目光死死地定在自己面前的墙上。

"拜托，至少让我试试吧。"

"从什么时候开始？"

"今天……我照达娜说的，把美人鱼的眼泪穿好了……"

"然后呢？"

"这串珠子握在手里，让我觉得很平静……给了我自信。你也应该试一下。"

"可是我本来就很平静，很自信。"

"不是说对每个人的效果都一样。反正，我们既然在这儿，就应该遵守规则。出发前你还跟我这样说呢……"

"哼，现在不行，今天不行。几点开始恢复训练，七点？还差十分钟！你准备好了吗？"

"好，但你先让我把这弄完。达娜跟我说，每颗珠子都要祈祷十次，十乘以七……七十次。"

"行，那你快点儿啊。"拉拉说着，她脱去睡衣，穿了一条紧身裤和一件汗衫。

丽莎手里拿着护身符，握得越来越紧。汗湿的手指肚贴着珠子，珠子上的纹理像一条条小径，将她带往从未去过的地方。她从来都不敢踏进这些地方，不过那是今天以前。

奥利维亚在床上翻来覆去，把自己裹在床单里，像只未破茧的幼虫。早晨，玫瑰色的阳光穿过两扇百叶窗，在白石地板上投下两块明亮的方格，一步就能跨过。起还是不起呢？她犹豫了一下便起来了。

前一天晚上她熬了夜，勤快地读起在书桌上和"休憩法宝"中找到的祈祷书和语录。她打开了放着红绳和七颗美人鱼玻璃珠的小袋子，没等弄清自己最迫切的心愿，就把珠子穿了起来。拿回餐厅的控制权？摆脱巴勃罗？平息扰乱心神的愤怒？前一天晚上，达娜还嘱咐大家要对自己有耐心，抓紧时间列出心愿清单。

"真正的愿望，值得我们流下珍珠般的眼泪，我们脑袋就像一个抽屉，并非要在第一时间将珍珠放在里面。"达娜解释，"衣柜里的衣服也是这样，我们穿的就那么几件，是让自己觉得舒服、自信的。我们会把樱桃色的包包丢在衣柜底下吗？自己喜欢的漂亮的裤子，不穿出去炫耀一下吗？我们应该勇敢些，实现以前连说都不敢说的梦想。"

奥利维亚在崭新的小笔记本上，记下了第一个愿望：学会许愿。放下怨恨，不急不躁。

十

昨晚，乔纳斯在她的岛上度过了第一夜。今早醒来，乔纳斯的心宽慰了许多。他脚步轻快，沿着长满野茴香和龙舌兰的山坡，往那片通往海的红沙滩走去。在路的尽头，一排青竹映入眼帘，竹帘背后，大海宛如湛蓝的布匹缓缓展开，在风中微微起伏。他迈着轻快的步伐踏在小路上，还没到海边，就感受到了涌动的潮汐。他像孩子一样，从一块岩石跳到另一块岩石，即将踏上沙滩时，他停下脚步，脱掉鞋子。

这时候，他看见了塔玛拉。塔玛拉面朝大海，背对着他，腰以下浸在水中，举着双手，头望着天空，跟他昨晚在旅馆见到的那个平静、寡言的女人相比，简直判若两人。她仿佛是一只海洋生物，从海里探出头来，稳稳挺立在激浪中，毫不把太阳放在眼里，好像只要吹个口哨或吹口气，就能掩去太阳的光辉或者让太阳更耀眼。其实，塔玛拉发出了一道悠长、有力的声音，可能是一声怒吼，也可能是在祈祷。随后她潜下水，消失得无影无踪，与茫茫大海融为一体。她的声音也与大海的声音合二为一。

塔玛拉在离岸几米远的地方重新冒出头来，拖着一张铜绿色的破网，网上挂着一个易拉罐和一块橘黄色的破布。破布很可能是从泡胀了的小垫子上扯下来的。

她把所有东西都放在沙滩上，裹上浴巾，屈膝跪下，好一阵子一动不动。这时候，乔纳斯觉得时间静止了。他屏住呼吸，像一条离水的鱼，像一个深陷罗网的男人，迷影重重，不得其解。

伊娃要租一辆小摩托，租赁合同的纸是桃红色的，她在上面签了名字的缩写，根本无从辨认。为了避免磕碰，她用毛巾把摄像机包起来，放在了后座上。岛上只有寥寥几条路，全都蜿蜒曲折，高低不平，很难避开这些坑洼，伊娃早就领教过了。她骑上小摩托，打开手机导航，设置好路线，决绝地出发了。没有什么能阻挠她达到目的，即便天气炎热，道路艰难，岛上居民刻意隐瞒，也无法阻挡。她调查得知，岛上的居民对八卦并没有多大兴趣。两年前，好莱坞最受瞩目的一对明星夫妇在这里度蜜月，租下了一整家酒店和酒店附近的五座房子，还包下了这里最受青睐的一段海滩，当地人居然丝毫不感到惊奇，也没有任何人向赶来岛上的媒体透露半点细节。只有一位意裔美籍女记者装扮成酒店的季节工，拍了几张照片，收集了一些流言。"大牌探秘"自然买下了独家报道权，新闻出来后网上点赞无数。

现在，轮到伊娃建立这样的事业了。她会从十年前参与营救曼荼罗·辛歌和事件调查的人开始。就算不情愿，但大家早晚会说出一些事。真相就像水一样，当它喷涌而出时，掩不了，藏不住。它从地下涌出，会浸入墙垛，渗进石缝；从心中溢出，会淹没大地。她会在那里收集每一滴水，用瓶子把它装起来，把它喝掉，最后把它吐出来。

拉拉口渴难耐，一股脑地喝达娜准备的无渣果汁，有恢复能量、增强体质、助晒黑的、瘦身的……她选了用西瓜、酸橙和罗勒做的润肤果汁，倒了满满一杯，放在桌子上，再把吸管斜着放好，最后拿出手机，拍了两张照片。

拉拉喜欢这套体能恢复训练，觉得血液在血管里快速流淌，肌肉再次充满活力。她神情愉快，呼吸平缓，看了看四周，凝望着大海远处蓝蓝绿绿的一条线，天空中象形文字般的白云和阳光普照的田野。

"你喝的什么？"姐姐走近问。

"第一种，润肤的那个。你呢？"

"纯净的，猕猴桃、橘子和一勺蜂蜜做的。很好喝……"

"……这是你今天的早餐。"

"你真让我节食啊？"

"你需要节食。"

"为什么要节食？又为谁节食？"

"为你自己啊！从那天你……反正，从情人节那天到现在，你胖了差不多十六斤！"

"可能是我以前太瘦了吧……"

"以前是很完美，美若天仙。"

"那我现在就不完美了吗？"

"是要差点儿了。"

"跟什么比？跟谁比？"

"丽莎……"

"就这样吧，没关系。我去洗个澡，把去沙滩要带的东西装进包里。"丽莎解释道，放下杯子，转过佝偻的背往房间走去。

　　奥利维亚摊在沙发上，坐在拉拉旁边。

　　她品尝着颜色微红、有助晒黑的无渣果汁，评论说："好喝。"她的味觉非常灵敏，真像个味觉侦探，不读达娜写的标签，就知道原料里有胡萝卜、甜菜和杏。她小时候就能猜出菜里、冰激凌里和饮料里有什么。很多时候，她只需要闻闻厨房里的味道，就知道在做什么饭，鸡蛋、肉、洋葱、欧芹……这种天赋没什么特别的，至少她以前是这样认为的。直到她开始上学，在老师和厨师眼里，这种天赋很难得，他们建议她利用这种天赋，学习成为一名专业的美食品尝师，油、咖啡、巧克力、葡萄酒……大家都这样跟她说："你会赚大钱的。"除了一个人：巴勃罗。他们是在侍酒师培训课上遇到的，两个人互相吸引，互相了解，互生好感，坠入情网……

　　"酸奶和蜂蜜，或者椰奶。"这时拉拉罗列出这些原料。

　　"果汁里吗？不，里面只有水果！"奥利维亚说，她听到拉拉的话后，想让聊天变得有意思些。忽然一瞬间，她的味蕾感受到了巴勃罗的吻，甜蜜、浓郁、微涩。

"我是说你需要美容面罩，用厨房里的几种原料就可以了。"

"我？面罩？"奥利维亚勉强挤出几分笑容，"我在餐厅的时候每天都用，谢谢。"她讽刺道。

"那就是那种面罩不对……"

"你叫拉拉，是吧？你听好，我很开心跟你和其他人聊两句，但我不是来这儿美容、提臀的。这些天我有自己的计划。"奥利维亚挑明，然后马上离去。

拉拉慢慢地喝完了杯子里剩下的果汁。又是这样，跟她以前遇到的人一样，奥利维亚也不怎么看重身材，好像肌肉、皮肤、心情的地位要低脑子、思想、感情一等，好像外表不是内质的一部分，好像外貌不属于它掩盖的内心。好吧，她们都错了。

塔玛拉解下浴巾，往回走了走，把浴巾铺在红色地毯似的沙滩上。她肚子朝上，对着已经闪闪耀眼的赤日，双手伸过头顶，全身拉直。从低处望向高处，她隐隐约约看见一个男人，步伐缓慢地走了过来。

"早上好。"乔纳斯打招呼道，走近时，他的影子盖在了塔玛拉身上。

"啊，您也是，早上好。"塔玛拉起身坐着，胳膊肘支在毛巾上。

"今天的水怎么样？"

"跟昨天的一样，但是又老了一天。"

"我们大家都一样。"

"我觉得您想试试水有多冷……"

"水有多平静，就有多冷。我不太会游泳，在海里不行。我是条活在游泳池里的鱼。"乔纳斯坐在她身边，两个半裸的身体中间挤出一道小沙浪。

"今天可以放心地游，没有大浪，也没有水母。"

"您经常游泳吗？"

"每天早上都游。"

"冬天也游啊？"

"对，我是个很守旧的人。"

"您在这儿住了多久了？"

"这小岛上吗？久得记不清多少年了。您呢？当飞行员多久啦？"

"久得想一直待在地上了。十八年前开始的，当时迫不及待地想离开陆地，每天在空中踏上一条不同的路。现在……迫不及待地想降落！"

"我觉得不管什么行业，大家可能都有一点这样的感觉吧。就像那句名言说的：'万物自有命……有去亦有归。'"

"您也是这样的吗？"

"如果指的是游泳，那就不是，我还没游够呢。"

"我猜您不是一直住在这儿的……"

"对，不是。我……我是后来到这儿的……然后就没离开过。还没到我回去的时候。"

"您以前是做什么的？"

"在这里游泳以前？"

乔纳斯点点头，脸上露出灿烂的笑容。

"嗯，很多事情，也没什么……您可能不知道，我忘记了。盐水喝多了的人就是这样的。"

"我会弄清楚的。"

"您指的是喝很多盐水吗？"

"我是说，我会弄清楚您每天早上游泳以前都做什么。"

"没什么重要的事，不然我就不会忘了。"塔玛拉站起身，开始收拢从海里捡的东西。

"也许您需要一杯甜水。"乔纳斯突然跳起来说道。

"可能我失忆也挺好的。希望您游得愉快……我可提醒，最好就在这儿附近。"

"我会尽量不喝一滴海水。我可不想忘记回美人鱼旅馆的路。"

"哪家旅馆？"塔玛拉开起玩笑。

十一

游泳池周围的地板逐渐炽热。奥利维亚不情愿地从沙滩椅上起来，走进地砖色彩斑斓的浴室，在淋浴喷头下冲了个凉水澡。在此之前，她游泳、看书、玩填字游戏，好像还睡了一阵子，想了一些事情。是的，她像看报纸一样理了一下思绪，这份报纸因为看了太多次而变得皱巴巴的，有些内容她看过很多回，甚至觉得开头结尾已经了然于胸。其他的内容是最近发生的事情，配的图片是这次奇特之旅刚开始时的场景。

她以前单身的时候，最后一场旅行是在希腊的米洛斯岛，已经过去十五年了。那场旅行，她至今还记忆犹新：当时热闹非凡，聚会不断，在沙滩游玩、捕鱼、坐船观光，傍晚喝开胃酒，跟大学同学贝阿和伊莎贝拉彻夜狂欢，还有保罗，她下飞机那天在机场认识的爱尔兰情人。

现在她又恢复了单身，在另一座漂浮在地中海的小岛上。一直以来，她都想投入大海的怀抱。跟巴勃罗商量度假目的地的时候，不知道发生过多少次争吵！他从小在山里长大，见到的都是石头，走的是比利牛斯山脉巴斯克地区的小路，根本不会游泳。虽然住在靠海的城市，但他从来没有学过游泳。她想象巴勃罗此刻正在布拉瓦海岸[1]和他的新女友坐在太阳伞下，他的女友可能教会了他不再害怕海浪。

她盯着远处波澜不惊的海面，似乎巴勃罗和他女友也泡在眼前这片海水之中。这片海像一锅湛蓝色的肉汤，他们三个浮在里面，失望、忌妒、愤怒将他们煮开。

这锅汤需要搅一搅，也许还要加点盐。她想象着右手紧握勺子，在空中搅来搅去。随后，她一把抓起散落在沙滩椅上的东西，往楼下走去，去唯一一个既不会觉得自己对别人没用，又不会觉得自己一无是处的地方：厨房。

"我可以进来吗？"奥利维亚站在门口问。门口散发着鼠尾草、柠檬、生姜、红胡椒的香气。

"请进吧。"达娜回答，欢迎她进来，仍旧搅拌着酱汁，"第二个抽屉里有围裙。"

奥利维亚抽出一条围裙，系在泳衣外面。围裙明显是从一条旧牛仔裤上裁下来的。她开始把桌上的各种食材归置好，油、松子、芝麻菜、羊奶酪、龙嵩叶、腌刺山柑……她打算做她拿手的芝麻菜酱汁，也许还会做红薯面疙瘩和苦杏仁米露。巴勃罗肉汤

---

1 位于西班牙的加泰罗尼亚大区。

呢？不做，她不需要。她的嘴角忽然一撇，可能是笑容的开始。而实际上，她的嘴角拉得很长，脸庞也变宽了，继续回忆着往日旧事。

达娜非常好奇，偷偷地观察奥利维亚，更多的是被她熟练的动作吸引了。这位厨师好像在柔软、富有弹性的面团中跳舞，面团不管怎么拉长、收缩，都不会垮掉、破掉。仿佛她的后背和臀部露在围裙外面，创造了一个饱满、闷热的空间，她在里面烧制菜肴，烘烤面包，让人恢复能量，延续生命。

达娜觉得，虽然愤怒和恐惧折磨着奥利维亚，并将她带来这里，但她还是能做出好的东西。如同裹住她的那个面团，只需要静静地放一段时间，就能发酵膨大，做出很多形状的食物。

洁白的海洋女神雕像把赤红的沙滩分成两片营地，到处都是毛巾、太阳伞和沙滩椅。拉拉用手指着右边，那里海浪拍打着岩石，手提小桶的孩子身上穿着五颜六色的救生衣，离得远远的。她让救生员搬了两张沙滩椅过去，这样她和丽莎就可以在那儿躺一整天了。

稻草编织的提包上挂了几个小毛球和铃铛，她从里面拿出全套油膏、帽子、眼镜、毛刷、自拍杆和莫列顿双面起绒呢。她觉得晒黑是一项工作，为了催生更多的黑色素，她开始在身上抹夏威夷果油。

"你要吗？"

丽莎接住东西，但一句话也不说。她在椅子上坐下，把小包包也放在椅子上，里面装着书，旅馆的"休憩法宝"和一条沙滩巾，还有一副用来听音乐的耳机。她听的是这些年攒下来的老歌，现在开着随机播放。她的生活也是这样。

她摇了摇头，然后戴上耳机，躺在椅子上。而她妹妹还在涂什么神奇的油膏，觉得一会儿就会给她魔力。

拉拉从来都是这样，天生是干销售的料。所以，她才能这么快就成功：先在健身房里做塑形师，再在美容中心做咨询师，直到现在，三十三岁就有一家完全属于自己的美容中心，甚至还有以自己名字命名的生态美容品牌——拉拉贝拉。

而丽莎只是一个助手。她第一个出生，却老是做第二。

《圣经》那句名言怎么说的？"在后的将要在前，在前的将要在后。"她和拉拉就印证了这句话。

她盯着妹妹，在这里，沙滩上都能做出瑜伽的动作，赞叹她涂了油膏的身体如雕塑一般光滑明亮。这近乎是一个警告，要拥有这样的身材，必须每天跑步，在健身房锻炼，注意饮食。她仔细瞧了瞧周围的男人女人，身材跟她一样，皮肤松弛、浅白，大腿浑圆，挂着几分脂肪，肚子根本谈不上扁平。她又像照镜子一样看了看拉拉，两个人有共同的基因，假如存在最理想的样子，那么一定是拉拉。要说她跟双胞胎妹妹的差别，也许只差一些科学的方法。

忽然，耳机里响起一种很久没有听过的声音。说实话，很多年没人再听这个了。这位女歌手叫什么名字？丽莎皱皱眉头，好像答案就在眉宇之间。她记得那位歌手的妆容和长长的红头发。

还有一张照片，那位歌手在一个透明的浴缸里。

　　有时候，我觉得只有我不知道该怎么活下去……但学校我回不去了，因为已经没有了……回到我身边，回到我身边，回到我身边……

　　连她也不知道该怎么生活。没有哪所学校能让我们回去重新学习。只有她，拉拉，她是最好的榜样。她现在正跟什么人说话……那不是我们旅馆里的英国人吗？嗯，就是她，她叫……维珍？

　　回到学校，回到学校……维珍和曼荼罗·辛歌！她成功了，两个人的名字都记起来了。

十二

"呼吸，呼吸！"达娜引导着客人，她两只胳膊张得很开，随后放到胸口，最后有力地往上举，"我不能替你们做这些。"她继续说道，"每个人都为自己而呼吸，每个人都为自己而活。但是我们可以一起呼吸，将我们的呼吸相连……用同样的节奏……同样的力道……加油，再来一次……很好！现在把气都吐出来，就这样……动动小腹。拉拉，对，就是这样。再吐一次气……可以的话，你们就笑一笑。记住，你们是为了开心才到这里来的。丽莎，笑一笑，对，嘴巴放轻松……很好！"

达娜在花园里清出了一块空地，用柚木搭了台子，好在上面做瑜伽和静修。两棵橄榄树之间搭了一张吊床，塔玛拉正在上面坐着。

下午达娜上课时，她喜欢在一旁看着。这些年来，达娜变得越来越自信，魅力超凡，她自信满满地带客人锻炼，动作流畅无误，缓解每块肌肉和每个灵魂的疲劳，让他们放松。

塔玛拉在旁边观察：拉拉动作熟练，姐姐丽莎笨拙缓慢，奥利维亚克制而柔美，乔纳斯生硬而优雅，维珍根本没来。

"骨盆往前推，现在往后……你们想象腰上有一根呼啦圈……"达娜正引导他们，"试着把圈绕大一点……不要膕腘，妈妈生我们的时候，骨盆动得很厉害，我们都是从这里生出来的！生命源于运动，不要停……很好！"

塔玛拉把吊床像秋千一样晃来晃去，她也要动一动。

她忍住瞌睡，站了起来，打算到下面去收拾一下画室。昨天从海里捡回来的东西她放得很乱，画笔也在洗手池上晾着，跟往常一样，她要用摩洛哥阿甘油蘸一蘸，不能让笔毛变硬，否则笔毛会像心一样，变硬了，就没法再使用了。

她心想，什么东西都需要保养：人、心、书、皮肤、车子、房子、衣服、画笔……一切都需要照顾。她马上想到达娜会纠正她，提醒她说：归根结底，一切都只需要爱，石头也是，此刻她脚下的大地也是。

塔玛拉叹了口气，打开了后门，后门连着厨房，然后通到她的地下室。她从厨房的冰箱里拿出两片达娜已经切好的菠萝榨成汁，又加了一勺绿茶粉和薄荷。搅果汁的时候，她陷入了沉思。她受到过、依赖过、利用过别人的照顾，从来没做过家庭主妇，这么多年，也许时间太久了，她过得像个男人。必须承认，生活对她并不坏，生活给她的一切，她都一一面对，从来不问为什么，只是想完成目标。她把生活过得像一场令人愉悦的跨栏跑，跨越了一个又一个障碍，但有一个除外，面对它，她不愿意跨过去。

从那以后，她再也没有跨上过生活的马背，她被自己和自己的软弱、恐惧打败了。

她把杯子放进洗碗池，打算到画室去，但听见大门的合页吱吱嘎嘎地作响，就放慢了脚步，站着停了片刻。

"嘿。哎呀，真是太热了！"维珍抱怨道，因为天气太热，她的脸非常红。

"来杯冰茶怎么样？"塔玛拉提议说。

"麻烦来杯非常冰的。"

塔玛拉把维珍带进厨房，注意到她穿了一条流苏牛仔短裤，臀部瘦削，大腿丰匀。她在伦敦做什么运动？游泳、跑步，还是动感单车？

"第一次出去转，怎么样？"塔玛拉却这样问。

"很好，不过有点热。"

"那我就放心了，虽然很热。"

维珍一下子坐上高高的板凳，盯着面前那幅"雕画"，上面有一条很大的鱼，是用银色的易拉罐做的，正吞掉红色的心形钓鱼浮子。

"很漂亮。"她评论道，接着喝了一大口茶，问，"从哪里买的啊？"

"就是这里。"塔玛拉回答，下意识地把一只手放在胸口。

"这座岛上？"

塔玛拉点点头，说："本地画。"

"我能问一下这个美术馆或者商店在哪儿吗？"

"我能做的可不只这些，我认识这位艺术家，还可以带你参观她的画室。"

"那太好了。我一定去。"

"去拍照吗？"塔玛拉问道，用手指着维珍膝盖上的专业摄像机。

"只是聊两句。"

"你是个很能干的公关，你信里是怎么写的？"

"哪有，大家这样说而已。"维珍想岔开话题。

"你自己也这样认为吗？"

"分时间吧。"

"你是做什么公关的？"

伊娃 / 维珍有些不安。她不确定维珍在信里说了多少细节。

"博主、网红、记者……"她闪烁其词。

"我们一般不喜欢记者。"

"但是你们接待了我。"

"那是因为我们觉得，你想当妈妈的愿望很恳切。"

"我想当……？"

"当妈妈。你来这儿不就是为了这个吗？不是为了怀孕吗？"

"当然是！我……我得放松一下。我身体没有任何毛病。"她赶忙确认说道。

"会顺利的，你可以的。"

"我不确定。"

"你要知道，放松自己意味着自己首先要承认自我。"

维珍在凳子上焦躁不安，一只脚踏在地上，准备开溜。

　　"其实，我们每个人都知道是什么在烦扰自己。"塔玛拉继续说，"但只是不想，也不能承认罢了。一旦承认了，脑袋和身体就会如释重负，这时候，奇迹就会发生。"

　　"深有同感！"

　　"假如看似不可能的事情有可能变成真的，这还不是奇迹的话，那什么才是？"

　　"你相信奇迹吗？"

　　"我相信让奇迹成真的事实。"

　　"有时候也许是你说的那样……"

　　"可能吧。但是可能总比不可能好，不是吗？"

　　"我不知道，但我宁愿离幻想远一点儿。"

　　"你想当妈妈，不也是幻想吗？"

　　"是希望！"

　　"那也是一种可能咯。"

　　"可能吧……"

　　"这就对了嘛。"

　　面对塔玛拉的口才，伊娃哑口无言。这个女人懂得如何让她混乱，让她迷失。她不喜欢别人束缚她，至今为止，还没有人能做到。岛上这个中年女人绝不可能，热搜、新闻、博客、国际大事，她一窍不通，整个人没神采，没气质，没特点，普普通通，毫不起眼。

十三

本杰明拉着他的玩伴西晴突然跑进了画室，洛奇也跟着。洛奇是他们在加因巴拉尼悬崖那里的礁石上找到的，救回来后，变成了"西晴的小狗"。

"我们可以帮你吗？"两个小孩问，洛奇在旁边好奇地闻装油漆和去污剂的罐子。

"你们来得正好，该做清洁了。"塔玛拉逗他们说。

"我可以给画笔上油吗？"本杰明自告奋勇。

"当然可以，但是小心点儿，别把油打翻了，你倒点儿在杯子里就可以了。"

男孩小心翼翼地照塔玛拉说的做。

"现在需要给它按摩。"

"给它按摩？"西晴一脸迷惑。

"对！我示范给你看。"小本杰明兴致勃勃地教西晴。

塔玛拉任由两个小孩摆弄，洛奇摇着尾巴，轻轻地咬一个旧的软木浮标，又用爪子抓来抓去。

他们像海里的精灵，塔玛拉喜欢他们在自己身边。小孩可以填满空间，填满大人的空虚，没有小孩，大人会陷入他们的深渊。小孩是大人的救星，让梦想浮在水面，让生活的焦虑沉入海底。为此，她画了很多小孩，让生活仍有希望。

光线透过玻璃墙照亮了画室，玻璃墙边有一个小桌子。本杰明皱着眉头，一副自豪的样子，西晴眼神惊异，塔玛拉在桌子上拿了一张画纸，开始用铅笔画下两个孩子。

"我也可以试试吗？"小女孩急切地问，"我觉得已经很软了。"她说出自己的想法，拿起一支很软的画笔。最后用笔毛拂了拂脸，说："很软，像……洛奇的耳朵！"

塔玛拉却僵僵地站着。心间突然涌上一股对孩子的爱，她吓坏了，心变得僵硬，背变得僵直。小孩可以拯救大人，也可以杀死大人。因为大人对他们没有防备，只能承受袭击 —— 爱的袭击。

下一幅"雕画"她打算就取这个名字。那位主人公就在眼前，不，是两位。西晴是一条红尾小美人鱼，本杰明是一只天蓝色的海豚，西晴趴在本杰明背上，他们毫无防备，跳进一个银色的圆环，一个张开的夹子。但那是捕兽器。

达娜在楼上喊本杰明，他应答道："妈妈，我们在这里！"

洛奇开始跳来跳去，叫了起来。塔玛拉放下手中的草图，拔腿离去。西晴用画笔在脸上拂了最后一下。

"一行四人"正离开画室。

"谁要吃午后点心啊？有什锦水果哦。"达娜问。

"有冰激凌吗？"本杰明一下子投入母亲的怀抱。

"宝贝儿，有柠檬刨冰。"

"我和洛奇也可以吃一点吗？它可喜欢冰激凌了。"西晴双手托着下巴说。

达娜和塔玛拉交换眼神，微微一笑。西晴一份刨冰，洛奇一份炸丸子。

"那你要什么？"达娜问塔玛拉，她一只胳膊搭在塔玛拉的肩上，让她靠紧自己。

"有什么就要什么，不要多的，也不要少的。"

"你不是总想要点儿其他的嘛。"

"胡说！我很……"

"但是有东西在折磨你，对吧？"

"啊，对了，有个问题：刨冰有我的份儿吗？"塔玛拉问道，借机岔开话题。

塔玛拉比达娜年长，但相反，是达娜在照顾她。从她们第一次遇见起就是这样的。

那段时间，塔玛拉茶饭不思，一连好几个小时躺在沙发上，光线像瀑布一样透过天窗泄下来，她的思绪一直在这束光里上下神游。等到光线慢慢消失，天渐渐黑了，她终于可以休息了。但她夜有所思，睡得很不安稳，她忽然觉得，自己在梦中可以跟已经逝去的人说话。梦醒后，她还记得梦里的只言片语，好像有人正在跟她说一样。

"晚上都有谁在家吃饭？"她问道，思绪回到眼前。

"奥利维亚和乔纳斯确定在家吃。双胞胎姐妹去港口了，在雷蒙德那里订了位子。"达娜回答。

"维珍呢？"

"不知道。不管怎么样，我也准备她那份儿。"

"行，但现在你歇一歇。"

"我去洗个澡。你看一下两个孩子吧。"

还没听完，塔玛拉就点头示意，让达娜走。

"你在这里吗？"塔玛拉的声音在脑子里轻语。

"嗯，我一直都在这里。"一道声音低声应答，这声音她很熟悉，绝不会与其他的声音混淆。

夕阳的霞光将游泳池染成了金色的湖泊，几朵云霞倒映在水里。乔纳斯的双臂有力地在水面挥动着，节奏分明，每次转身，他都觉得更轻盈了，好像蹬墙时，卸下了压在身上已久的包袱。

他游累了，就趴在游泳池边上，非常开心。很少有东西能让他开心，天空、星星、性爱、乡村音乐和他座下的飞机可以。爱情不行，爱情永远无法令他开心。爱情只是一种承诺，承诺什么事情会实现，而常常实现不了。至少对他来说是如此。

他情史丰富，却平平无奇，没什么惊心动魄的经历。只有安琪曾经打开他的心扉，让他听到新颖、不一样的声音，直到心脏停止跳动。最后，他屈服了，心碎了，感情上突如其来的起起落落让他精疲力竭。现在他需要心脏起搏器。

他身后传来维珍跳水的声音，把他的思绪从那个纤弱的女人那里拉了回来。在安琪带给他无法承受的感情打击之前，他爱过她，想过跟她结婚。对他来说，爱情是一条长长的、安全的沥青跑道，他在这里降落，然而对安琪来说，那是一片继续起飞的晴空。

"好美的黄昏。"维珍蛙泳游到他身边时说。

"是啊……真想在天上飞一圈。"

两个人都沉默了，眼睛凝望着黄昏的轮廓。

"我一直想看看绿色的光。"乔纳斯终于开口。

"我也是，从来没见过。你呢？"

"有幸见过，但是每次都像是第一次遇到，觉得是奇迹。"

"你也跟我谈奇迹？今天这是第二次了。"

"那你相信吗？"

"你开玩笑吗？当然不相信啊！你相信？"

"每天都越来越相信。"

"为什么？"维珍边笑边摇头。

"为什么不相信呢？举个例子，现在你想要什么？"

"一杯啤酒吧？"

乔纳斯爬上游泳池，身上穿着泳衣，露出运动员般结实的身体，大腿的肌肉线条非常优美。这个男人很帅，他自己却假装不知道。总而言之，是很多女人都会为之倾倒的那种类型。可能她也会，但前提是自己愿意。

伊娃偷偷地看着乔纳斯走到烧烤架和冰箱前。

"你不是不相信吗？给你。"他说道，递给伊娃一罐冰啤酒。

"今天相信了。那你现在想要什么？"

"明天你再问我吧。"

"好，我等着，同一地点，同一时间。**干杯**！"他大声说，两个灰绿色的杯子碰在一起。

"**干杯**！"她回道，直勾勾地盯住乔纳斯如玻璃般清澈的眼睛。

十四

奥利维亚相信，大家都很喜欢她做的红薯面疙瘩蘸芝麻菜酱汁，从已经空了的深盘子来看，没有任何人失望。乔纳斯甚至又要了一份，达娜也问她要了秘方。

即便当了多年专业厨师，广受好评，但客人试菜时，她还是会紧张。

奥利维亚终于松了口气，背靠着椅子，目光在黑漆漆的夜色中漫游。她觉得今晚的月亮像一个很大的桃子蛋糕，只是缺了一块。也许是让鸣个不停的知了吃掉了。她记得在哪里读到过，说知了的叫声除了是歌声，其实更是雌性在准备好繁衍，随之死去后，振动翅膀发出的声音。对她来说，繁衍的时间快结束了，到十二月她就满四十岁了。也许她应该开始唱歌了。她不是没和巴勃罗试过，只是两个人都觉得没必要要孩子，现状就很好。有猫咪和餐厅就足够了。

总而言之，对于他俩的事，他们做出了最好的决定。他们现在是两个自由的大人，没有束缚他们的关系和责任，只是曾经在生活的游戏中，共同度过了一段时间，现在重新回到了起跑线，恢复了单身，没有包袱。

"真的太好吃了。谢谢你做的面疙瘩。"达娜对她耳语道，消除了她的顾虑。

奥利维亚突然转过头去。"没什么……我……"她欲言又止，只是笑了笑。

乔纳斯和塔玛拉正在谈电影。她说每个星期，在城堡的护城河那里都会放露天电影，通常是一些很经典的片子，比如《卡萨布兰卡》《乱世佳人》《迷魂记》。

"我们大家一起去吧。"乔纳斯说，他把奥利维亚也拉进话题。

"好啊，好主意。我记得还有灯笼节。"奥利维亚说。

"啊，那个还要等一个星期。"塔玛拉解释。

"正好是在我们离开之前。"乔纳斯算了算。

"就是在最后那几天，到时候我们应该庆祝，达娜不是这样说的吗？"

"我说了什么啊？"达娜问，她只听到了上一句话。

"三天用来哭泣，三天用来疗伤，三天用来行乐……还有一天拿来庆祝。"

"对，没错！"

"我们想那天晚上去过灯笼节。"乔纳斯解释说。

"啊，那个啊……"她支支吾吾。

"有什么不妥吗？"乔纳斯紧追不舍。

达娜搜寻着塔玛拉的眼神，但没有找到，因为她的同伴已经起身离去。

对塔玛拉来说，灯笼节那晚是一切的结束和开始，是光明与黑暗的界线。那天晚上，黑暗赢了。而很不走运，黑暗仍在赢下去。

那些时刻，塔玛拉在床上无法入眠，回忆伤害着自己。达娜希望攒够了绷带，包扎塔玛拉的灵魂，将她破碎的心重新聚拢。

"我们吃什么？"拉拉边看菜单边问。

"烤鱿鱼？"丽莎提议说。

"嗯，不行……太油了。"

"金枪鱼片呢？"

"哎呀，汞太多了。"

"那炸空气吧？"

拉拉一下子合上了菜单。

"我要一份什锦沙拉。"

"我要油的烤鱿鱼，谢谢。"

"随便你，肚子长在你身上。"

"生活也是我的。"丽莎冷笑道。

拉拉生气了，她打开手机，面色铁青。

"两位点好了吗？"服务员走过来问，他的脸庞被太阳晒得黝黑，露出热情的微笑，额头上有一道疤痕。丽莎注意到，他的眼睛是灰色的，但杂糅着其他颜色，跟她们那天下午去的沙滩上的鹅卵石一样。

"来点红酒吗？"年轻人问，点餐完成了。

"不要，一点也不要。"拉拉以闪电般的速度回答，她把头发从脖子一边撩到另一边。

"不，要！拉拉，只要一杯，庆祝一下我们的假期，求求你啦。"丽莎回答。

最后，她们要了一杯本地的白葡萄酒。拉拉神情疑惑地啜了一小口，简直是毒药。

"敬我们的假期。"丽莎说。

拉拉拿近杯子，没有吭声。

"求你了，别板着个脸。我想说……感谢这个夜晚，这个假期吧。你为什么这么在乎我？"

"你是我姐姐。"拉拉支支吾吾地说。

"你也是我妹妹。我们开心点儿，好吧？我需要开心一点儿。"

"你有多想他？"

"你是说妈妈？"

"罗贝尔托，还有你失去的婚礼和婚纱……"

"我不知道。没有很想吧。我不想去想这些，什么也不想。我只想……暂时随波逐流，不想以后。可以吗？哪怕就今天晚上。"

"姐姐，敬你。"拉拉举起酒杯说。

"妹妹，敬你。"

伊娃四处张望，寻找酒吧的老板托尼。托尼的名字在伊娃的笔记本上，悲剧发生前的几天晚上，曼荼罗·辛歌是在这家酒吧度过的。但在吧台的是一个中年女人，在收银台的是一个强壮结实的小伙子，有文身，还不到二十岁。她在酒吧里转来转去，里面烟雾缭绕，有些古旧的桌子和古典的旗帜。很明显，那些桌子和旗帜是从另一些商店和酒吧传承下来的。

在酒吧的里面，由于长期烟雾弥漫，有一面石墙已经发黑了。很多名人都来这里喝过啤酒，或者岛上的苦药酒，墙上挂着有他们亲笔签名的照片，用玻璃保护着，他们大多是演员、英国皇室、足球球星、网球球星、音乐家、歌手。其中就有她 —— 曼荼罗·辛歌，挂在萨尔玛·海耶克和诺尔·加拉格中间 [1]。照片上的她一头火红的鬈发，妆色很暗，穿着金银线织的内衣。照片上写着："致托尼，情谊常在，曼荼罗·辛歌。"她用紫红色的笔写的，墨水有些洇了。

伊娃本能地走近照片，好像就算这位歌手被玻璃困住，也会告诉她真相是什么。

她仔细观察笔迹（签名为 Mandala S.），M 丰满、柔和，a 饱满、圆润，l 挥得果断，S 弯曲的两个地方非常性感……

她很惊讶，用食指抚摩签名，想记住它，甚至想把眼前这寥寥几个字据为己有。

在她终于决定转身离开的时候，撞到了一个个子高大、肌肉发达的男人，大约六十岁，给她留下了很深的印象。

"有什么需要帮忙的吗？"男人打量着她。

1　萨尔玛·海耶克生于1966年，墨西哥演员；诺尔·加拉格生于1967年，英国歌手、作曲家。

"您好，我叫伊……维珍。我找托尼。"

"我就是。"

"啊……我是曼荼罗·辛歌的粉丝，想了解她的事情……我想您应该可以帮助我。"

"我能做什么？"

"您可以给我讲一下她的趣事，跟她有关的……我知道她以前来过这里。"

"来岛上的人都会来这儿。"托尼张开双手，得意扬扬地说。

"对，我想也是。生意兴隆！"伊娃奉承道，"这家酒吧开了多少年了？"她问，假装饶有兴趣。

"一九一一年开的。酒吧是我奶奶开的，之后四十多年一直是岛上独一家。一九八一年我继承了酒吧，卖手工啤酒。你跟我来。"他告诉伊娃，并突然以"你"相称。

托尼把她带到外面，在门口给她指了广场另一边一座矮长的建筑。

"那是酿酒厂，我的心血。"他抑制不住激动，得意地告诉伊娃，"产量不是特别大，但可以满足我的酒吧和客人。这边来。"他又说，这次领她到了屋里的吧台。

"纳特！"托尼冲那个女人喊，此时她正从不锈钢水龙头不歇气地接啤酒，"给我一杯丝绒沙，不，算了，来杯曼荼罗。"他说。

"一杯曼荼罗？"伊娃的心跳加快了。

"啊，这就是我的曼荼罗啤酒。"托尼继续说，给了伊娃一品脱琥珀色的啤酒。

"曼荼罗是……"

"曼荼罗·辛歌。你不是想知道一些她的事情吗？这是她的啤酒。"

"哦，谢谢。没想到……"

"没想到我为她做了一种混合饮料？"

"……没想到她在岛上待了这么久，甚至启发人做饮料。"

"欸，在曼荼罗这样的女人面前，时间也会停止。她到我这儿两天后，跟我说：'你的啤酒很好，不过没什么特色，没有灵魂。你得在啤酒里注入灵魂。'我怎么办呢？我就制作了这种混合饮料，在啤酒里面加了野茴香和刺山柑——这座岛的味道。我就开始卖这种啤酒，得了很多奖。"

"我猜这应该是在……悲剧发生之后。我的意思是，她已经失去了……"

"米娅？谁还记得啊。"

"那之后你就再也没有见过她了吗？"

"等等……你说你叫什么名字？"

"维珍。"

"维珍，我只知道报纸上说的那些。她喜欢笑，味觉对啤酒很敏感，她爱上了那位音乐家，爱自己的女儿，这些都溢于言表。"

"她幸福吗？"

"那当然。家庭、事业、金钱、健康，她什么都有了。一个女人，还要奢求什么？"

伊娃吞下一口曼荼罗。又甜又涩。一个女人，就不能追求更多吗？

十五

"闭上眼睛，专注呼吸。吸气，屏住，现在呼气……再吸气，用力吸……再吐出来，把肺清空……你们就是大海的气息，现在像翻涌的海浪一样吸气……然后放松，呼气，像海浪一样拍打在岸上。继续！"

奥利维亚尽量跟上达娜的指挥，可是做不到。

昨天晚上，她违反了旅馆的规定，用手机登上脸书，偷偷看了前夫的时间轴[1]。她对自己说只是好奇，可看见前几张照片里巴勃罗抱住他的新女友之后，就承认其实是另一回事——忌妒。那种忌妒并不明显，不是那种令人情感激荡的忌妒，但也无法抹除它的存在。因为巴勃罗没有她也能继续好好活下去，拥有新的生活。而她还是她，只能继续独自求存。

后来，她打开记愿望的笔记本，在有少量盐渍的横格纸上写

1　脸书中的 Timeline 功能。

下了第二个愿望：勇敢。还写了阳台向海的房子、更大的厨房、带闪光片的红裙、法式铸铁锅具、日式刀具、泰国料理烹饪课程、生态菜园、新的猫咪……和如同待拆封的礼物一样完整的爱情。

没几分钟，她就列出了达娜要求的九十九个愿望，有些很大，有些很小，有些重要，有些无聊，有些不可或缺，有些毫无意义。所有的这些在她心底藏了太久，其中有一个很特别，那就是她想做妈妈，但她从没见过自己的母亲。从前，她把这个愿望锁了起来，希望可以忘记，可她从没有真正做到过。但凡巴勃罗让她多开心一些，答应她的请求，陪她去生育诊所，寻求医生的帮助，她今天就不会是一个单身女人。她会是一位妈妈，一位妈妈绝对不会孤单。

奥利维亚吐出肺里所有的空气，好几秒钟没有呼吸。从前，她一直生活在窒息之中。现在该吸气了。

乔纳斯在闹钟响之前起了床。他故意把闹钟设置在天亮，是为了有足够的时间决定到底去参加达娜的瑜伽调息或者静坐，还是去昨天吓到塔玛拉的那个海湾。

这时候的清晨，晨曦洒满地平线，天边挂着一团团玫瑰红色的彩云，好似一道道褶子，反倒将天空衬得明亮。

他选了第二个想法，悄悄地溜出房间和旅馆，除了自己的影子，一个人也没遇到。他又走在荒凉崎岖的山坡上，朝伸往海中的那片红沙滩走去。他又从一个石头蹦到另一个石头，身体保持平衡，玩得很开心。

最后，他挑了一块最大最平的石头，像个哨兵一样坐在那里等，心里既激动，又害怕别人觉得他是故意坐在那里等。

他看着太阳升上海面，照亮它决定唤醒的那一半世界。他喜欢这座岛，觉得这里是他的家，自己属于这里。这样说有道理吗？当然没有。但他厌倦了理性和理性数不清的无处不在的触手。事情只有在发生的那一刻才有意义，早一点晚一点都毫无意义。有时候没时间用理性思考，只能立即行动。

他想，安琪最后是不是也明白了：发生在他们身上的，是恐惧作怪的结果，而不是欲望。

他用了几乎一年去反思，最后才明白这个道理，不过如果他现在可以大大方方地说出自己的想法，不感到痛苦，也不生气，那么这一年就是值得的。

一年前，他本来可以成为父亲。更准确地说，当时他正在成为父亲，之前，他最执着的精子遇上了他深爱的女人的卵子。然而，他有多开心，那段时间就有多短暂，因为安琪根本就不想成为母亲。她当时不想，更别说没有提前计划。他没有反抗就屈服了。他害怕会失去。害怕会失去她。

伊娃跟托尼没完。那个男人知道的，远比他昨天晚上说的多，她迟早会从他那儿挖出秘密。这只是时间问题。她打算每天晚上都去那家酒吧，直到挖出她想要的真相。伊娃又看了看笔记本上的笔记，昏昏欲睡地看着买回来的曼荼罗啤酒。她想问达娜能不能帮她把啤酒放在厨房的冰箱里。想想还是算了，自己把啤酒放在游泳池旁边的小冰箱里吧。说不定会在哪天傍晚，端着这些啤酒跟那个澳大利亚飞行员干杯呢。一直以来，比起城市里的短暂爱情，她更喜欢旅途中的偶遇。短暂、火热的爱情故事不会拖拖拉拉，自己不会觉得内疚，而在城市里交往，不温不火，要么是繁忙的工作，要么是无聊的日常。

但伊娃不能分心。工作第一，享受第二，只有网站首页惊天动地的头条新闻能让她兴奋。

她躺在床上舒展四肢，发出"嗯"的一声，非常享受。她盯着深蓝色的天花板，上面装饰着海藻、海星和鱼，墙也是海蓝色的，房间像一座水族馆，她是一只住在里面的海洋生物。

她抬高裸露的双腿，摆动两只脚，像游泳一样。然后把大腿裹进白色的床单，重新抬起来，这次两条腿合二为一，她是不是一条白尾美人鱼呢？不，不是，她想把小腿从床单里拿出来。她想要自由的双腿，可以奔跑、走路、探索。没有人能够捆住她。爱情还差得远。

"等一下！"伊娃朝门那边大喊。有人在敲门。

她一下从床上爬起来，穿上棉质假鱼鳞。

"谁呀？"她问，心里则希望听到乔纳斯的声音。

开了门，却发现双胞胎姐妹在门口。

"你好。"两姐妹中丰腴的那个打招呼说。

"我们正要去昨天的那个沙滩，你来吗？"瘦的那个发出邀请。

"不好意思，现在不行。我晚点儿去找你们吧。早上我约了别人。"她解释说，"谢谢你们的邀请。"

"好，那我们在那儿等你。玩儿得开心！"两姐妹异口同声地说。

伊娃回到房间，聚精会神地看记事本。一个小时后，她会跟警长碰面。十年前，这位警长负责搜索曼荼罗·辛歌的女儿米娅。她事先准备了要问的问题，但是写在哪里了？她看了看身边，记起来把问题写在了达娜和塔玛拉给的笔记本上。那本来是用来记九十九个愿望的。这时候她只有一个愿望，不，两个：找到那位歌手；亲吻那个澳大利亚人。哪一个会实现呢？两个都会。先是曼荼罗，再是乔纳斯。工作第一，享受第二。

十六

塔玛拉倒了一点"无限能量",这是达娜和本杰明以前用竹子水、绿茶粉、杏仁奶和捣碎的杏子肉,专门为她制作的混合饮料。

昨晚她睡得不太好,早上游过泳后,需要喝一点这种饮料。她有时挖苦达娜,说她是一位善良的女巫,是上天派来她家拯救她的。这个女孩有一道秘方和一个包治百病的解药,很少有困惑需要求助典籍。达娜告诉过塔玛拉,以前在邦加岛的时候,她对草药、中药、无渣果汁和健康饮食之类的很感兴趣。

达娜以前的男朋友是潜水教练,她很爱他,所以才搬到了戈佐岛。她怀孕的时候,男朋友却马上去了马尔代夫,他承诺会回来,但是诺言到现在还没有兑现。她孤零零一个人,还有刚出生的儿子要养,整天在几份零工之间奔波,直到她认识了塔玛拉,并决定给她当助手,来换取食宿。

从此她们交织在一起,虽然有些悲惨,但各取所需。之后,两个人的关系变得奇妙,组成了一个奇特的家庭,在这里,水比血浓，血缘无足轻重。

塔玛拉很快喝完了饮料，开始洗早餐用过的碗和杯子。

所有的家务事里，洗碗是唯一一样她愿意干的。她觉得，流水会把思绪混在污渍、食物和咖啡的残渣之中统统冲走，会带走一切，只留下"现在"。因此，她经常自愿洗碗，进行独特的"流水沉思"。几个小时前还在沙滩的时候，她尽量把这些给乔纳斯解释清楚。

乔纳斯问了她"雕画"的来源，为什么她每天都到海里捡东西。

"因为大海总会把一切都还回来，尤其是回忆。"她回答说，"梦想破灭后，我们就只剩下回忆了，不是吗？"

乔纳斯陷入了沉默，他有些迷惑，但并不觉得忧伤。塔玛拉觉得，很久以前他的心里就开了一道口子，现在光终于要照过来了。

男人不自觉地深吸了一口气，胸腔高高隆起。

她看到乔纳斯吸气，突然大受启发，就说："下午做什么？我想带您参观一个地方。"

乔纳斯点点头，答应了碰面。日落前，他们会再次在沙滩见面。

达娜突然走进厨房，打招呼说："啊，你在这儿呀！怎么样，还好吗？"并给了塔玛拉一个飞吻。

"我很好……"但达娜根本不让她说下去。

"你饿了吗？"达娜反而问。

"不饿，我刚喝了……"

"我在想，我们明天带大家坐船出去玩吧。你觉得呢？"

"我觉……"

"我们早上早点儿走，带大家去蓝泄湖、圣布拉斯湾、拉姆拉湾……或者姆贾尔港和克伦蒂湾……我给船长打电话！"

"达娜……达娜！"塔玛拉的声音变得强硬起来。

"塔玛，不用这么大声。"

"你不听我说话，我只能这么大声。我一个一个地回答：我不饿，刚喝了'无限能量'。坐船出游是个好主意，我觉得可以。"

"那我打电话给船长！你先过来，让我抱抱。你又洗碗啦？"

"我沉思了。"

"啊，对。那现在呢？"

"我去画室画画。"

"我能一起去吗？"

"除非你闭上嘴巴。你先给船长打电话吧。"塔玛拉笑着说道，"我在地下室等你。"

但是达娜已经在打电话了，忙着组织一切。

伊娃／维珍把小摩托停在警察局旁边。警察局是一栋黄色的房子，有两层，跟其他房子没什么两样，只是正面有一根又大又长的蓝灰色的横幅。跟她约好的那位警长已经退休八年了，但就是想在警察局对面跟她见面。

前警长是个胖胖的男人，秃头，虽然六十多岁了，但脸上还很不显老，一副年轻小伙的模样。打电话的时候，伊娃觉得他很客气，可以帮助自己。

然而，刚到咖啡馆坐下，警长就对她盘问起来。警长想知道她是谁，为什么在岛上，住在哪里，对美人鱼旅馆有什么看法。尤其想知道，她为什么调查失踪的米娅和曼荼罗·辛歌。辛歌的案子在他的生活和警察生涯中都留下了烙印。身为男人，一个父亲，他很想救那个小女孩；身为警察，他想圆满完成自己的任务。那是一宗惨案，他把那几天的日记带在身上，里面全是剪纸、照片、旁注。他给伊娃看了一些照片，还有搜救用的地图。为了找到小女孩，能做的，不能做的，当时他们都做了，什么办法都试过，但在使上劲儿前，大海就吞没了小女孩。

警长从伊娃的眼里看出了她的执着，不知道多少杯咖啡过后，他直接明说："您说吧，您想要什么？"

"我想了解一些问题，比如为什么'游霓号'游艇上没人看着辛歌和她女儿……为什么事先没人核查天气状况？"她说，"有没有为小女孩儿举行葬礼？她有没有坟墓？最后，那个女歌手离开这座岛后，又去了哪儿？如果没有新线索，您知道怎么联系她吗？"

前警长静静地喝下最后一滴咖啡，然后问伊娃："您知道什么是悲剧吗？"

"这个我不关心。"伊娃直白地说，她有些不明白。

"您对悲剧的定义是什么？"男人继续问，食指和大拇指捏紧杯把。

"……好吧，就是一个事件或行动带来负面、灾难性的结果……有时候甚至会伤害人的性命。"

"对。但是您想，今天早上您骑的摩托车，道路坑坑洼洼，又湿又滑，您在车间穿行，然后到这儿跟我见面。假如您骑车的时候摔倒了，滑到汽车下面，伤得非常严重，然后马上进了医院，您觉得这是一场悲剧吗？"

"一场……一场历险。"

"假如就此丧生了呢？"

"一场悲剧，但是……"

"请先让我说完。"警长命令似的说，"根据您的逻辑，您应该事先核查路况、交通状况、摩托车的刹车。旅馆里的人应该注意到您是不是很累，是不是焦虑，或者是不是心不在焉，然后不让您骑车。"警长叹了口气，"在真正发生之前，悲剧只是一种假设。而且没那么容易成真。所以，悲剧是无法避免的。"最后，他小心翼翼地把杯子放在桌上，说，"另外，要说我在近四十年的侦讯中学到了什么，那就是真相永远藏在沉默的地方。沉默的人，不会撒谎。"

"您的意思是，岛上没人会告诉我我正在寻找的答案吗？"

"我刚刚才把我的回答给了您，但是您不愿意听。真相永远不是我们想的那样。所有案子都是这样的，这件案子也不例外。您真的想知道曼茶罗·辛歌案件的真相吗？停下来吧，顺其自然，您会发现一切的。"警长说完，告别了伊娃。

伊娃付了钱。她非常生气，不仅没得到任何对调查有帮助的线索，还被警长耍了。跟昨天晚上在托尼那里一样。但她可是"目标女郎"，她去过的地方，不管是必须去的，还是自愿去的，都不会空手而归。这座海中小岛也不例外。

十七

塔玛拉脸上的笑容有多灿烂，就假装自己多有空，为大家坐船出游做准备。她不会去船上，已经很多年没上过船了。这些年来，只在达娜和本杰明的要求下，迫不得已的时候，她才踏上过平常连接小岛和其他岛屿的渡船。

她对大家宣布自己决定留下来后，乔纳斯心生怀疑，十分好奇，跟着她进了厨房。

"怎么回事？你那么喜欢大海，却不想去海上转转？"乔纳斯问道，一只手搭在她的肩上。

"我从来没说过我喜欢大海。"她回答说，算是对乔纳斯惊异的眼神做出回应。

"抱歉，我以为你喜欢，因为你每天早上都去游泳。你的灵感，甚至你创作的材料，不都来自大海吗？"

"很多人每天都去办公室，但并不爱自己干的工作。"

"可是去海边又不是工作。"

"你去问渔夫或者船长吧。"塔玛拉嘲讽道。

"那你为什么要去海边？"

"大海是我最好的老师。"

"那它究竟教了你什么？"

"爱。"塔玛拉回答，她在乔纳斯背后，一只手搭在他的肩上。

"塔玛，你看到我的眼镜放哪儿了……"达娜突然闯进厨房，看见他们两个。

"你可能忘在车上了。我去看看吧？"

"不，不用。"达娜小声说，她转过身去，走出厨房。

塔玛拉也跟着出了厨房，留下乔纳斯和他悬而未决的问题。问题可不少。前一天傍晚，塔玛拉让他坐吉普车陪自己一起去欣赏蓝窗的遗迹，那时他心里就有很多问题。蓝窗是岩石形成的拱门，高大壮观，去年三月前，还吸引成千上万的游客前来欣赏。不过突然之间，蓝窗在浪涛中坍塌了，就像一块饼干放在茶杯里，杯子里装着开水，晚上，谁也不会注意到饼干变形了，谁也无法避免这一切发生，谁也说不清楚是怎么回事。

"生活就是这样：昨天让你备受尊崇，今天就把你摧毁。"昨天傍晚，塔玛拉这样评价生活。

"死亡就是这样。"他望着蓝窗曾经屹立的地方，也说道。

等到太阳在地平线完全熄灭，四周的景观一片灰暗，他们才离开了蓝窗。

"你最害怕什么？"回去的路上，塔玛拉问他，称呼突然从"您"变成了"你"。

"害怕自己一个人孤独离去，没有人陪伴，就像蓝窗一样。好像从来没有存在过。"乔纳斯想着他未出世的孩子，解释道，"那……你呢？"他问道，说出"你"时，他有些踌躇，这个称呼包含了千言万语。

"你口中的'陪伴你的人'，并不能陪伴你。"她反驳道，上坡的时候，她把车子挂到低挡。

"你有孩子吗？"

"有个女儿。"塔玛拉加大马力时说，同时结束了话题。"我们快到了。看到山丘后面的灯塔了吗？"她一边说，一边加快速度，"过一会儿灯就会亮。是时候进去了。"

乔纳斯点点头，他摇下车窗，望着外面，欣赏这片高低起伏、变幻不定的景色。

塔玛拉把车停在旅馆后面的空地上。不知怎的，最后作别时，他们还紧紧地握了手。其实，一个表面毫无意义的动作，实际却包含了一切，海难中的幸存者不就是这样告别的吗？乔纳斯觉得，她的眼睛湿透了，眼泪快要夺眶而出。假如她没有走，他想替她擦干泪水，将海的味道拥入怀中。

拉拉在为连上 Wi-Fi 而奋斗。早饭过后，大家都回了各自的房间，为出游做准备，只有她一个人留在了楼台。她想在 Instagram 上发一些照片，但是最后一张传不上去，那是黄昏时分她站在沙滩上拍的一张照片，是逆光拍摄的，她的轮廓非常完美，简直像修过图一样。她强迫姐姐给她当摄影师，直到拍出最好看的一张。

那一张会给她带来许多"点赞"和新顾客。

八月的假期结束后，她的美容中心总会爆满。九月是收入最多的时候。回到家，人人都渴望，同时也觉得自己能够做点什么，让自己变得更美，除非上了几个星期班，因为日常琐事而忘记了。拉拉喜欢工作，更喜欢查自己银行账户的余额，总是有盈余。对她来说，钱从来都不是问题。她赚钱一直都轻而易举：还是少女时，她当过模特、展会接待员，做过自然化妆品代理人，赚了很多钱，一部分用来学习，拿了一个又一个的证，一部分用作美容事业的启动资金。现在，她的美容中心已经做得很大了。她自创了一种塑形方法，申请了专利，还发明了一些美容、美发、润肤的香膏，同样申请了专利。最后，她在米兰开了第一家以自己名字命名的试点中心，分中心很快会遍布整个意大利。她幸福吗？当然，她很幸福。她毫不掩饰自己很幸福。

Wi-Fi 终于能用了，她重新在手机上编辑好主题标签。她看了看周围，这时候才注意到维珍也在这里。

"今天你跟我们一起吗？"拉拉问维珍，把维珍的思绪从纸上抽离。她注意到维珍笔记本上乱糟糟的图案，又说："哇，原来你会画画呀！"

"谈不上画画。我只是随便勾一勾，更好地记住细节。"维珍说道，一边指着警长的画像。

"你很厉害。"

"谢谢。"

"你画的什么？"

"没什么，只是一些回忆。"

"这座岛的吗？"

"是岛上居民的。"

"我永远没办法在这里生活下去。太多灰尘，太沉静，太没意思，你不觉得吗？除非我疯狂地爱上了这里，或者伤心欲绝。"拉拉继续说，两只手做成爱心的形状，放在胸前。

"伤心或者疯狂……"维珍确认一遍。

"那你跟我们一起去吗？"拉拉坚持。

"说实话，我没……"维珍刚说到这里，就停住了嘴，她发现乔纳斯站在厨房门口，肩上搭着去海边的背包。

"……我没理由不去呀。"维珍补完这句话。

"那太好了！我上去拿护肤品，我已经准备好了。"

维珍问乔纳斯："今天我们要见证什么奇迹？"乔纳斯坐在她旁边，脸上带着让人捉摸不透的微笑。

"这是画吗？"

"算是笔记的插图吧。"

"这是谁？"

"嗯，岛上的上一任警长。"

"你怎么……画他？"

"因为我见过他。他以前，不对，他一直都这样，脑袋又圆又奇怪，看起来像个小孩儿。"

"我觉得这里的犯罪行为应该不多吧？警察应该没多少事儿可做。"

"确实是这样，但是他……好吧，他以前跟曼荼罗·辛歌的案子有关。"

"那位澳大利亚歌手啊？她女儿就是在这里淹死的，是吗？她到底发生了什么？带着你的海浪，冲向你的远方！"

"我就是想知道这个。"

"为什么？"

"因为……"维珍支支吾吾的。她能告诉乔纳斯多少？昨天晚上，她在游泳池等他一起喝啤酒，结果白等了，他已经令她失望了。

"好奇吗？"

"谁会因为好奇去见警察啊，连罪犯都不会啦。"她开玩笑地说。

"职业习惯吧。"她继续说道。

"你是侦探？你不是跟大家说，你在一家大公司做公关吗？"

"啊，对。我们正计划推出……一本曼荼罗·辛歌的传记。我在搜集一些她的小故事。"

"有什么收获吗？"

"还没有。"

"因为你不相信奇迹。"

"奇迹出现的时候，我自然会相信。"

"你相信的时候，奇迹就会出现。这就是奇迹的规律。"

"那我恐怕要失望了。"

"这完全取决于你。"

"你上过什么自救课吗？信什么教派？相信天使？"

"不啊！这从何说起？"

"我受不了那些什么上师。"

乔纳斯哈哈大笑。"我跟上师完全搭不上边儿。"

"但是你相信奇迹。"

"又不需要付出什么代价，既让自己开心，又能鼓舞自己。为什么不信呢？"

乔纳斯也让她开心、激动。至于要付出什么代价，她只需要小心别爱上他。她早就在心愿单上剔除了爱情，不会再为男人浪费一分感情，就算是这个身材健硕、迷信奇迹的澳大利亚飞行员又怎么样。至于性……伊娃倒是准备好体验一番。总而言之，这是一种简单的平衡，她搞得清楚自己的状况。

"为什么不呢？"她答道，合上了画着图的笔记本。

十八

静修期间，达娜和塔玛拉会为客人准备一艘帆船，名字叫"美人鱼一号"，这次出游坐的也是这艘。奥利维亚登船的时候，船摇得厉害，猛甩把它拴在地上的绳索，似乎迫不及待地想在大海驰骋。

她的身体也跟着晃动，在舷梯上摇来摇去，到了甲板下面才平稳下来，那里也是食品舱，达娜在那儿等着她。

达娜和塔玛拉事先为大家准备了红米蔬菜沙拉、腌金枪鱼片、水果什锦、柠檬蛋糕和小米香草馅的番茄饭团。

奥利维亚最后还是抵抗不住厨房的诱惑。来度假前，她就发誓不会靠近烤箱，但还是做不到。根据旅馆的规定，任何客人都不能为自己或其他人准备食物。但对她来说，烹饪就等同于呼吸，是她进行调息的方式，是不可或缺的。因此，达娜破例准许她自由出入厨房。

这是达娜以前定下的规矩，她不愿意跟别人分享她最喜欢的地方，她的工作室。谁也不能违反这条规定，除了达娜自己或者其他得到她许可的人以外。她很乐意为奥利维亚破这个例，因为这位西班牙厨师是在用爱做菜。奥利维亚跟她一样，也认为爱是每道菜的秘密配料。两个人，就能在菜里加入更多的爱。

与此同时，船长在甲板给其他客人讲注意事项，但除了丽莎，没人在听。

丽莎刚坐下，看到船长灰色的眼睛和额头的疤痕，就认出这是她和拉拉那天晚上去的港口那家餐厅的服务员。既然是这样，那么船长的眼睛和疤痕，她也喜欢。那一刻，在阳光的照耀下，那双眼睛和那道疤痕魅力十足，让人无法抵挡。她坐在离船长不远的地方，想好好看着他。那天早上是几个月以来，她第一次不心浮气躁，几个月以来，她第一次没有喝床头柜上冒气泡的抗抑郁药。

她知道药一天也不能停，况且没有医生的指导，可那天早上，她就是想用自己的方式，庆祝摆脱了焦虑与药丸铸成的铁链。她确信是戴在手腕上的红手链和七颗玻璃珠起作用了，而不是药的功劳，每次心情低落的时候，她就会紧紧握住它。

每颗珠子都代表一个没有解开的心结：焦虑，自卑，依赖药物，母亲去世，没有喜欢的工作，跟拉拉关系不融洽，跟罗贝尔托的婚姻失败。每当手指数到一颗珠子，她就想解决那颗珠子代表的问题。她觉得这正在起作用。这些天她一直祈祷、静思，或者说是进行一种仪式，她还不知道该怎么称呼这个新的方法。她的婚姻结束了，或者更应该说根本就没有开始过，她不再像以前那样，觉得那是一场悲剧；她开始回忆起自己和母亲之间的笑容、拥抱和美好的奇遇；她正在努力改变与拉拉的关系，不再那么依赖她；同样，她正在尝试摆脱带给她虚假幸福的药丸；至于自尊，即便还没有开始行动，但也至少在考虑。船长的眼睛是灰色的，没有血丝，也许那个下午，她可以和他说说话。

她正听着歌，把音量调大：有时候，我觉得只有我不知道该怎么活下去……但学校我回不去了，因为已经没有了……

曼荼罗·辛歌懂这个道理，在副歌中全部唱了出来。而她，丽莎，情不自禁地一直听下去：回到我身边，回到我身边，回到我身边……

"没信号，烦死了！"伊娃/维珍抱怨道，眼睛盯着手机屏幕，想看看最近"大牌探秘"的同事更新的八卦新闻。

"我们来这儿不就是因为这个嘛。"乔纳斯提醒她说。他悠闲地走上甲板，坐在伊娃身旁。

拉拉也在甲板，但她只顾躺在海绵垫上，完全不关心身边发生的事。她闭上眼睛，身上抹好防晒霜，双腿抬起，靠在桅杆上。这样做是为了促进血液循环，帮助消化，保持小腹灵活，此外也是为了让自己更上镜，万一有人偷拍，想永远记录下这一刻呢。

"可是没有 Wi-Fi，谁受得了啊？"伊娃还未平息。

"算啦，暂时忍耐一下吧。我倒挺喜欢这样的。这有点像戒烟和节食。最开始的几天，你会疯掉，但是往后，你会觉得自己很强，简直就是'神'。"

"那你现在到了'我是神'的阶段啦？"

"这不明摆着嘛。过了'我是上师'，马上就是。"乔纳斯突然大笑起来，"你呢？到什么阶段了？"

"到了'哪个该死的让我来这儿的'！"

"你丈夫吗？"

"我的……但是……我没有……"伊娃顿时舌头打结。她是维珍，维珍是有夫之妇，是她丈夫让她来这岛上的。"对，是这样。是他非要让我来。我本来不想来的。"她回答说，希望能瞒过乔纳斯。她从来没结过婚，怎么跟陌生人谈自己的丈夫？

"那你应该感谢他，尽情享受这个假期吧。"

"我觉得这个假期很奇怪，还有两个奇怪的女店主。"

"还有奇怪的客人。"

"和奇怪的事情。你对这儿还满意吗？"

"你现在是'问卷调查'的阶段吗？"

伊娃 / 维珍一笑而过。终于关掉了手机。

帆船在海中劈出一条大道，破浪前行。再转几海里，"美人鱼一号"就会到达水晶湖，船身黑黑的影子将倒映在海港碧绿的水中。

"我可以游几次？"本杰明问妈妈，"可以跳几次水？"他继续追问。

"这你得问船长。"达娜回答说，同时瞥了船长一眼。

"威尔，几次？"

"你几岁了……"

"十岁！"

"那好，游五次，跳五次。"

"嗯，跳水的次数是年龄的一半，对吗？所以，我可以跳……"

"还是五次，也只能五次。"威尔双手握紧船舵，再次提醒他，"你过来，帮我操作。"

"是，船长！"本杰明大声回答，听起来非常激动。

达娜在一旁，看着两人在驾驶座上忙来忙去。看到儿子笑，心里由衷地开心。他们母子是一体的，心连心，肉连肉，感同身受。其实，这是一种特别的幸福。在其他人眼里，她一个单身妈妈，处境必定艰难、悲惨，但其实，她有她的好处，最重要的就是本杰明完完整整的爱。因为本杰明没有父亲，她可以拥有他全部的爱，而不需要与别人分享。无论如何，本杰明是她的。从某种意义上来说，她好像从来没生过本杰明，他还在她的体内。他就是她。是她最珍贵的一部分。

十九

塔玛拉呷着黄金牛奶，里面加了蜂蜜和姜黄，每一口她都细细品尝。其实，她正在享受大家走后家里突如其来的宁静。那天剩下的时间，她与自己做伴，没有任何人打扰。

她缓缓吐出一口气，站在楼台上，广阔的景色尽收眼底，仿佛一张五彩斑斓的羊皮纸徐徐铺展，她要抓紧时间好好欣赏。

忽然，她的脑子里想起当地的一句俗语：当海天相接形成浅蓝色的一道线时，就要做好迎接风暴的准备。

自打住在岛上以来，她见过很多次海天相接的景象，但对她来说，每次总像是第一次遇到。只有人会在乎第一次，她想。大自然不会，因为它更睿智，明白有始就有终，有生就有死。任何第一次都不是真正的第一次。

她突然觉得嘴里的饮料有些苦，所以舔舔嘴巴，想找滴蜂蜜。

"再来一勺糖。"脑海里的声音轻声说。

"亲爱的，再等会儿。"她细声答道，"再等会儿。"又重复一遍。她转过身，将景色留在身后，顺着盘旋楼梯，加快脚步。

有人敲门。

"托尼，见到你太高兴了！"她一边对门口的男人说，一边张开双臂欢迎他。

"你好，塔玛，最近怎么样？"托尼一面问候，一面拥抱塔玛拉。

"快进来，客厅随便坐。要点儿喝的吗？"

"我给你带了两箱啤酒，有些丝绒沙，还有几瓶曼茶罗，放在房子后面了。"

"太好了，谢谢！最近怎么样？"

"没什么要操心的。酒吧生意正常，啤酒厂也是。今年岛上挤满了游客。似乎大家都到这儿来了。"

"你满足了吧？"

"永远也不能满足，要不然……你知道我怎么想的，对吧？满足会产生不满足。"

"有些道理。"塔玛拉表示赞同，"但是不满足不一定会产生满足……"

两人一块儿笑了起来。

"你来看我，我太开心了。本来应该我去你那儿的，好几次我想去，但是后来……你知道我这个人。"

"对你来说，安静更好。"

"是孤独。"

"我不一样，我喜欢扎在人堆里。身边人越多，越有活力。"

"你真是幸福。我呢，我招待的这几个就够了。"

"对了，你这里的一位女士来找过我。"

"只有一位？"

"从目前来说是的。她问了我一些跟曼荼罗有关的问题。"

"啊……叫什么名字？英国人吗？"塔玛拉问，想弄清这个本来已经打算忽略的疑惑。

"高高瘦瘦的，栗色的短发……"

"维珍。"

"她……"

"嗯？"

"没事，我把我知道的告诉了她。这些事大家都知道的。"

"你知道的比你说的多多了。"

"那可不嘛。你不也是吗？过了一些年头，我们知道的真相也成了秘密。"

"因为我们知道，真相永远不全是真的。"

"但要等老了才明白这个道理。可惜。"

"你不老，永远都不会老。衰老是一种情绪。比如，我就比你老多了！"

"哎呀，没有。你也永远不会老，只是……"

"……会疲惫。"

"一点点而已。开玩笑啦，你还好吧？"托尼握住她一只手，问道。

"很好吧。达娜是天上掉下来的天使，本杰明是我们的福气，旅馆……终于步入正轨了。旅馆让我忙得不可开交，我不得不待在有……阳光的地方。"

"听到你这样说，我太开心了。其实，我想跟你说一件事。你还记得我朋友迈克尔吗？"

"那位美术馆馆长？"

"对，就是他。他想用你的'雕画'做展出。"

"展出？在哪里？"

"伦敦，十月。"

"可是我不……"

"先等等，别急着说不……你好好考虑考虑。过几天迈克尔会来这儿，决定之前，你先听听他的计划。"

"我不知道，托尼。我不想。而且是在伦敦。我永远都不会离开这座岛……"

"拒绝之前，你跟他聊聊吧。至少给他机会跟你说说他的想法，好吗？"

"为什么？"

"为什么不呢？"

塔玛拉沉默了几秒。"我再想想吧。"她最后说。

"乖孩子！"

"老女孩儿了。"

"又老又乖。"

托尼起身，两人一起朝青绿色的大门走去。

"答应我，尽快来看我。"

"我不会答应你，但是我会来。"

"看你是我朋友，选择相信你。对了，我怎么应付维珍？我觉得她还会再来……"

"随她吧。你是明白人，只有问题，什么也得不到。答案才是关键。"

托尼离开时，塔玛拉站在门口，背靠着石柱。一阵凉意袭来，她后背发冷，颤抖起来。

"曼——茶——罗，"她在空无一人的房子里大喊，每个字都拖得很长，"曼茶罗。"她握紧拳头，朝天花板怒喊。永远没人能找到她。她，塔玛拉，将她藏得十分隐秘。她将她埋在一个谁也找不到的地方，在那个地方谁也找不到她。除了她自己。

达娜和塔玛拉发明了一种特别的塔罗牌。点子是达娜的，牌是塔玛拉做的，全手工，一共七十八张，海里的雌性生物给了她们灵感。

达娜洗了洗她的美人鱼塔罗牌，邀请奥利维亚抽一张。

"船桨 A。"她确认道，把牌放在椅子中间的桌子上。

午饭过后，奥利维亚和双胞胎姐妹缠着达娜，要她拿出塔罗牌。

"这张代表好的开始。"她解释说，"接下来的几个星期，不管你做什么事都会成功，房子、工作、爱情……只要你用心。"

"再多告诉我一些吧。"奥利维亚请求达娜。

"你想知道什么？"

"嗯……巴勃罗会不会把餐厅还给我！"

"就是说问的是巴勃罗？这样的话，美人鱼帮不了你。她们只关心许愿人，也就是你。你可以再重新组织一下问题。"

"那我再试试。我会有一家完全属于自己的餐厅吗？"

"珍珠7，代表投资、生意、交易。好像是这样的，但是……等一下。你再挑一张吧。"

奥利维亚听着，既好奇又紧张。

"这是……骑马的美人鱼！我明白了，答案是肯定的，但是你要旅行一次，可能还要搬家。你会拥有一家完全属于你的餐厅，但不一定是巴塞罗那那家……明白了吗？需要挪个地方，探寻一下。"

奥利维亚放松了僵直的双肩。她在那张牌上看到的是一个长着鱼尾的长发女人，在海浪中骑着马，用一只船桨开路。手里拿的也可能是一把长勺，美人鱼在搅一锅新鲜的肉汤。

她绞尽脑汁，想找出一个与巴塞罗那和女伯爵街不同的地方，但怎么也想不到。她只好又看看海，找找灵感。

"该我了！"拉拉大声说，抢在姐姐前面，"我想知道，我的生意以后会不会做到国外。"她说出问题，右手手指卷起一绺头发。

"那么……这张是贝壳3，预示着好结果。但是……"

"但是什么？"

"还有一张珍珠4，代表吝啬、停滞和不确定的人为因素。你会遇到一些不可避免的挫折……等等……你在这里抽，用左手。

三叉戟 7，就是欺骗、陷阱！你有什么卑鄙的对手吗？"

拉拉点点头。"我知道他是副什么嘴脸。但想都不用想，赢的是我。"她坚定地说，把头发束在一起，回到来之前在甲板上晒日光浴的地方。

"我觉得有点热，再来一轮，我就去跳水了。"达娜边抱怨，边拿起面前的塔罗牌扇扇风。"丽莎？"

丽莎的脸一下子就红了，她推辞说不用，但等乔纳斯和维珍一走远，只剩下她和达娜，就同意了。

"丽莎，这是一张贝壳 6，代表'过去'回到'现在'。可能是一团火重新燃起来，也可能是一个你很久没见的人重新联系你。这张牌也代表一个人的记忆和生活状态。回忆过去，有时候是为了过好现在。"达娜鼓励她说，"这就对了，贝壳 5，代表克服恐惧，保留美好回忆，感情有新发展。多想想我刚才说的那些，不要纠结那些烦恼，这就是你的牌的意思。"

"谢谢。"丽莎小声说道，"其实，"接着她靠近达娜，不让别人听见，"我想知道，在某个地方，有没有一段新的恋情等着我。"

"你拿着。"达娜鼓励她，把一摞塔罗牌放在她手里，"抽一张，一张就可以。"

"好。"丽莎笑着回答，然后抽了一张贝壳王后。"这张牌就是爱情！你就乐着吧！"

丽莎摸了摸手腕上的红线手链。自从戴上它，一切都在改变。她也是。

二十

塔玛拉坐在长长的黄麻坐垫上，无意中睡着了。现在突然醒来，忘记了这是在哪里，为什么在这里。

她有一个相册，里面收集了所有"雕画"的照片，托尼走后，她把相册拿出来看，不知不觉就睡着了。真的有人愿意为她的"雕画"做展出吗？她很难相信，没看出来有什么特别的地方，只不过是很多模型、建筑材料与一些杂物、颜色混合在一起，刻画出了她的恐惧。

她数了数，一共四十二幅，不过要是算上挂在房间里的那一幅，就是四十三幅。那幅画描绘的是一位圣母，穿着救生衣，怀里抱了一个黑皮肤的小男孩，被金属做成的头发裹着。她把这幅画归为"海难圣诞"，即暴风雨后或横渡海洋之后，在海里出生和重获新生的人的圣诞节。

还有一幅达娜的画像，描绘她的眼泪变成珍珠的场景。光滑的玻璃瓶碎片做成了一串长长的项链，达娜在项链中间，项链围着她转圈，她仿佛置身迷宫。两条腿裹在一起，变成了鱼尾，是用金色的皮革和金属片做成的。总之，她准备好在海中跳一场美妙、缥缈的舞蹈，或者潜入海中自在遨游。她很美，美极了。

第一次见面时，达娜柔美高雅的身材和雪白脸庞上幽深的大眼睛，就深深吸引了塔玛拉。达娜虽然个子高，但身体很灵活，像一发觉危险就会跳起来的猫一样敏感。而本杰明应该遗传了他父亲的特征，臂膀坚实，大腿浑圆，不过眼睛跟妈妈一样，像猫一般锐利、高傲。

许多年前，十二月狂风大作的一天，达娜出现在塔玛拉家门口，背着一个鼓鼓的包，一只手提着婴儿提篮，另一只手提着果篮，除了水果，里面还有蜂蜜和果酱。

"他们告诉我您需要帮助，正好我也需要。"达娜在门口这样对塔玛拉说，声音很轻，同时很坚决，"我需要住的地方。作为回报，我可以照顾您，打理房子，做饭。"她又接着说，"我喜欢做饭，而且很拿手。我有自然疗法和瑜伽证书。"

塔玛拉还没回答，就一下子倒在地上。虽然当时岛上有很多人争相给她送来美味的饭菜，但她还是很多天没有进食。连上次洗澡是什么时候都不记得了。

从那以后，达娜全力照顾塔玛拉，自然而然地成了塔玛拉的护士、助手、管家、厨师、朋友，尤其是朋友。

达娜耐心地照顾她，喂她喝水、吃饭，给她洗澡、穿衣服，听她倾诉，安慰她，抱着她，理解她。

就这样，她们成了一家人。

塔玛拉回忆起这些往事。嘴巴又渴又苦。

她径直走进厨房，倒了一杯水果茶，一口气喝了下去。心跳得很快，太快了，感觉好像要从身体里跳出来，摆在自己面前的桌子上，准备被煮掉，或者被切掉，或者被治愈。又或者只是放在冰箱里冷藏起来，让它不再跳动。

她梦见了曼荼罗。怎么办？她在碗橱上拿了一张纸和一支铅笔，开始画下身体沉睡时脑海里的梦境。

这就是曼荼罗：她在透明的浴缸里，满头橘黄的秀发，裸着身子，露齿而笑，双唇如红宝石，整齐漂亮的牙齿变成了长长的洁白獠牙，最后变成了金色的石柱。是的，岛上有一座金色的庙宇。不，是一个巨大的笼子，装饰得如同一个客厅，椅子、沙发、罩灯一应俱全，还有一架总是鸣奏同一首曲子的钟琴。米娅也在那里，金色的头发梳着发髻。她穿着夜礼服，看起来像一个成年女人。也许她就是，不过是在梦里。她扯着嗓子大声唱：带着你的海浪，冲向你的远方……走调了，全然不管音乐的节奏。她一直重复这一句，不停歇，跟着了魔似的。最后，笼子漂在海上，渐渐沉入水中，直到完全淹没。而那歌声，仍旧回荡着……

塔玛拉把一只手放在额头上。可能有点发烧，所以才做噩梦吗？或者只是因为见了托尼，聊了曼荼罗，她就心烦意乱？虽然已经过了很多年，她尽力忘记曼荼罗，把她锁在过去，但在自己的心中，在别人的记忆里，曼荼罗还活得好好的。

她一拳拍在桌子上，擦伤了指关节。

她看了看自己和达娜挂在大理石洗碗池上的钟，还不到下午四点。他们几点回来呢？

她觉得日落之前，船应该还没回到港口。威尔很可能会带他们在蓝湖歇一会儿，让他们在小岛金灿灿的一片时，最后在蓝色的水中游一次。

她也觉得那是一场不容错失的盛景。假如她是这次前去的一位客人，或者其他随便一位游客，她也想欣赏那片美景。从前有段时间，她的心愿单也很长、很复杂，总想实现这些愿望：衣服、旅行、奇遇、爱情。另外，她也想品茶，喝热巧克力，给女儿买新礼物和新玩具。

但之后对她来说，一切都变得黑暗了。虽然那些梦想就藏在心中，但从来没有任何东西再照亮过她千转百回的心。我的愿望和梦想都在哪里？她问自己。剧院和舞厅有衣帽寄存处，她的身体中是否也有一个类似的仓库？

"够了，够了。"她揉着太阳穴，喃喃道。

"怎么了？你头痛吗？"那道细小的声音担心地问。

"没有，乖女儿。只是有点累。"她回答说。

"妈妈，你休息休息吧。来我这里坐一会儿。"

塔玛拉额头靠在桌上，痛心绝望。眼泪滚滚落下，灌溉木地板接缝的沟壑。

二十一

空空的旅馆充满了叽叽喳喳的闲聊声，相伴的还有脚步声和各种嘈杂声。塔玛拉在自己的房间里，她听见洗澡水倾泻而下，其他人有说有笑，包包扔在床上和鞋放在地板上也发出咚咚的声音。几位客人游玩结束了，回到了旅馆。

没过一会儿，本杰明就来敲她的房门。

"玛拉妈！"他高兴地大喊着，"玛拉妈，你在里面吗？"

"进来吧，本杰明。今天怎么样？跳了几次水？"

小男孩张开双臂，想拥抱塔玛拉。

"为什么你还在床上？"他有些疑惑。

"因为我太阳晒久了，头有点痛。你呢？你怎么样？"

本杰明滔滔不绝地讲起自己在海上的冒险，从停船到跳水，从潜水到抓鱼失败。不必说，他太开心了，这个被太阳亲吻了的孩子笑得多灿烂，眼里多兴奋！塔玛拉也被他的快乐情绪感染了，暂时将坏心情和下午的噩梦抛在了脑后。

"妈妈在哪儿？"她问。

"跟奥利维亚在厨房。"

"现在我去找她们。你不洗澡吗？"

"嗯……我不想……我可以假装已经洗过了吗？"

"在这儿洗怎么样？贝壳浴室。"

"真的吗？"本杰明高兴地点点头。他喜欢塔玛拉的浴室，是他最喜欢的藏身地。整个浴室，从天花板到地板、淋浴器、卫生设备都涂成了蔚蓝色，装饰着上百个贝壳，而这些贝壳又组合成新的贝壳，本杰明突发奇想，把这些贝壳叫作"海生的胜利"。他马上接受了塔玛拉的邀请，而且不听塔玛拉的嘱咐，随意喷水。

塔玛拉到厨房时，达娜和奥利维亚正讨论菜肴、秘方和客人的性格。

"乔纳斯肯定是第二道才上的肉。皮埃蒙特牛肉片？"奥利维亚大胆地说。

"一块美味的牛排！"达娜一边说，一边窃笑。

"哈哈！维珍呢？"

"维珍是……"

"一道复杂的甜点。"塔玛拉插入对话。

"一道英国汤？"奥利维亚说出自己的看法。

"更像一个七层的蛋糕。"达娜说得更详细。

"而且加了苦可可。"塔玛拉也详加描述，同时把手搭在额头上。

"怎么了？"达娜马上走到她身旁。

"偏头痛。"

"你今天干什么了？"

"什么都没做。我连画都没画！"

奥利维亚正在教本杰明怎么把新鲜番茄酱揉抹在烤面包片上。

"托尼来找过我。"塔玛拉低声告诉达娜。

"我猜到了，我看到他放在后面的几箱啤酒了。他还好吧？"

"他很好。他给我说了一些岛上的消息，还有岛外的。他告诉我维珍去酒吧找过他，好像在打听曼荼罗的消息。"

"真的？可她不是在一家公司做公关吗？"

"很明显不是，没这么简单。但问题不是这个……"

"问题是曼荼罗。因为你还没有忘记她。而且你怎么可能忘得掉？我一直跟你说……"

"别说了，达娜。"塔玛拉打断达娜，"别又来你那一套说辞，什么将过去的圈圈画圆，超越苦痛，往前走。有些圆圈是螺旋上升的，越拧下去，越扎入你的血肉，抽你的筋，剔你的骨。"

"抽筋剔骨？你的感觉是这样的吗？"

"嗯，有时候是。比如今天。"

"塔玛，你身边的就是现实，这里有光，有爱！你看到了吗？好好看看。"达娜鼓舞她，并指着本杰明。本杰明正忙着给奥利维亚送面包和番茄，奥利维亚则把切好的面包片放在托盘上。"看着我！"达娜继续说，抓住她的手臂，"不要再纠结于你心里的那个黑洞，看看外面。就算是你说的螺旋圆圈，你也有两个方向可以走，往上还是往下。跟我上去吧，跟我们上去。黑暗，只是为了更好地看到光明。"

塔玛拉挣开达娜的手，轻轻推了她一把，然后离开了。

"别管我。"她的声音不大也不小。

"好吧，塔玛，随便你。没有人能让你受苦，也没有人能强迫你快乐。除非你自己。我……"

"你？"

"我为快乐喝彩！"

"你一直都这样。"

"你也应该这样。我们这里教的就是这个……"

"是你教的！我只想像美人鱼一样在两个世界遨游。"

"对，但是有时候，尾巴是一种束缚。大海同样也是。塔玛，跟我们留在地上吧。"

塔玛拉让步了，点点头。

"要怎么做？"

"比如，准备吃饭。本杰明，帮玛拉妈端菜。"

拉拉想洗个冷水澡。体内积攒了太多热量，血液变得沸腾，这让她很焦躁。但她的皮肤晒得很好，没有晒斑或者发红，好像在铜水里洗了个澡，跟铜像似的。

她在镜子前反复打量，一会儿抬手，一会儿摆出女神般轻蔑、高傲的姿势。诚然，大自然和生母给了她这副躯体：四肢修长，上身短小，骨架精致结实，而其他的一切，都是自己日复一日勤修苦练、精心护理塑造出来的。

她上一次喝碳酸饮料或者烈酒是什么时候？大概七八年前吧。她多久吃一次面食？两三个月放纵一次吧。面食她吃得很清淡，一点油，再挤一点帕尔马奶酪就足够了。比萨，从来都不吃，已经忘了是什么味道。母亲做的比萨非常好吃，番茄酱的味道也是一绝，再没有别家。

　　母亲病倒的时候，她和丽莎才十三岁。放学后，就由父亲接她们回家吃午饭。父亲会煎好鸡蛋，做好三明治和几盘味道奇怪的面条，因为他急着去工作，或者赶去医院，面条经常不是冷了就是煮烂了。两姐妹不能浪费时间，必须做作业，然后去看妈妈。

　　从那时起，拉拉不再品尝味道，不再享受香味和千变万化的食物。没有妈妈，什么都失去了意义，吃饭也是。那是一段很煎熬的日子。她逐渐明白，饥饿跟痛苦一样，可以控制。最后，对于饥饿这个问题，她只需要确定最晚什么时候吃，能吃什么，怎么吃。总而言之，约束自己的肚子。

　　她没有再贪过嘴，没有再享受过美食，吃东西只是不得不满足生理需要，将她需要的能量注入体内。每当她想放纵的时候，就买一块牛奶巧克力，甜得反胃那种，或者来个香草冰激凌，但从来不当着别人的面吃，只会一个人偷偷地狼吞虎咽，好像这是一种坏毛病，十恶不赦，必须掩人耳目。

　　她咬着牙冲了个冷水澡。凉水寒冷刺骨，刺痛了她的身体和神经。她强忍着，数到一百，身体才暖和起来。这时候，只有到这时候，她的嘴里才吐出一阵安逸的呼呼声。

伊娃一进房间就翻开笔记本看笔记。虽然一天都在船上，无忧无虑，但有什么东西搅乱她的思绪。她不知道它的名字、形状、质地，可就在自己的脑海中，一直烦扰自己。到底是什么呢？

她拿着笔记本回顾了那些事件，重新看了旁注，比对了采访记录。她重新读了读在酒吧跟托尼的谈话和对警长的采访。一无所获，她的烦恼不在这里。

从窗户望出去，在月光照亮的天穹下，小岛的轮廓显得黑乎乎的。

纱窗上的小洞将外面的夜景一块块分割，仿佛一幅刺绣。今天星期几？来这里多久了？她意识到自己已经失去了时间意识。她是星期六到这里的。不对，是星期五。那今天是……星期一？下个星期天就要离开了，还有不到一个星期的时间弄清曼荼罗·辛歌的结局。但现在，她可以喝完一罐纪念曼荼罗的啤酒。再说不太饿，就打算跳过晚饭，可是这样，就看不到乔纳斯了。她不愿意这样。

澳大利亚人吸引她的，不仅是如雕像般优美的腹肌和大腿强健的内收肌。跟她一样，这个男人习惯了孤独，他们要过好生活，不需要任何人陪伴。她和乔纳斯一定可以沉浸在二人世界的欢愉之中，没有责任和义务的负担。但她反复提醒自己，她是一个结了婚的女人。维珍是有夫之妇。她要顾忌这些吗？

最后，伊娃迅速地洗了脸，穿上一件黑白条纹相间的及臀吊带背心，肩上搭了一块披肩。她径直走到楼顶，准备开一罐曼荼罗啤酒。里面有什么秘密原料？茴香和刺山柑，岛的味道。她喝了一小口，但不喜欢。这种混合饮料比她的味蕾记得的更苦，就像周围的景观一样。必须承认，她对这个地方很失望。来之前，她幻想这里会热闹些，不这么荒凉，肯定比现在更有魅力。如果知道是这样，她肯定不会选择到这里度假。这几天她游历了一些海湾、小岛，地中海里比这儿更漂亮的岛比比皆是。而这座岛适合孤独的人，适合那些为了什么而隐藏或哭泣的人，适合那些已经失去一切或找到一切的人。

伊娃忽然回过神，又想起脑海里挥之不去的烦恼，那烦恼将她的思绪挖空，占据了大脑。"我永远没办法在这里生活下去。除非我疯狂地爱上了这里，或者伤心欲绝。"拉拉那天早上这样跟她说。

曼荼罗·辛歌"爱上了那位音乐家，爱自己的女儿，这些都溢于言表"，托尼在酒吧这样告诉她。

她为了爱停下脚步，为了爱再也没离开过。因为在那里，她失去了爱，哀痛欲绝。

"敬你，曼荼罗。"伊娃握着啤酒罐小声说，"就算你在……在这座岛上。"

二十二

塔玛拉和本杰明坐在床上，她讲着半人半鱼的海神的故事。这个故事已经讲了无数次，本杰明打起瞌睡，最后靠着她睡着了。

那天很忙。天一亮，达娜就起来准备早饭和要带上船的食物，之后指导客人静坐、做瑜伽，帮威尔停船，用美人鱼塔罗牌占卜，跟客人聊天，最后还做了晚饭。不得不说，她真的精疲力竭了。

那天晚上，塔玛拉自愿收拾厨房，并负责第二天的早饭，这样达娜可以多休息一会儿，至少可以睡久一点儿。

达娜缩成一团，抱住和衣而睡的儿子。在黑漆漆的夜晚，跟往常入睡前一样，她暗自感激宇宙保佑她和儿子，嘴里念着一句咒语，祈求宇宙今后继续保佑他们母子。

这些年来，她自创了一系列带有各种宗教和传统色彩的仪式，但传递的都是爱与和谐。她床前有个大衣柜，上面是镜子，下面是抽屉，衣柜上除了家人的照片，还放着她自以为的精神导师——耶稣、佛陀、巴巴吉[1]、克利须那神[2]，还有圣母马利亚、帕拉宏撒·尤迦南达[3]、塞巴巴[4]。

她关掉罩灯，马上又打开，拿起床头柜上的笔记本，在上面写了些什么，接着又检查闹钟是不是设在六点四十五分，终于躺下了，听着自己和本杰明的呼吸声，让脑袋停歇，让身体沉入梦乡。入睡前的最后一刻，脑海中闪过一个画面，是一张珍珠10，代表家庭、羁绊、亲情。这是乔纳斯的牌，必须跟他聊聊。

乔纳斯从船上回到陆地后，经常会脖子痛，他用枕头枕着后颈，缓解疼痛。跟他的心理医生和其他医生的观点相反，他觉得遭这种罪是因为他最早的家是一艘船。虽然当时只是胎儿，但当初经历的某些东西应该还留在他体内。他觉得在这里，在这座岛上，大海很不平静，身体在海浪中不停摇晃。

前一天夜里，可能意识到第二天要坐船出游，或者因为白天跟塔玛拉在蓝窗的谈话，他从睡梦中惊醒，觉得很热，身上湿透了，但屋里温度并不高。幸好从东北方吹来一丝凉风。有什么在折磨他，确切说是有人——她母亲。

他是看着白血病带走母亲的，当时她六十四岁。他在梦里见到的，不是六十四岁时的那个女人。母亲床头的抽屉里有一本

1　印度古代的一位圣人，被誉为"一位如同耶稣一样的圣人和长生不死的瑜伽修行者"。

2　印度教的神祇，在《毗湿奴往世书》及《薄伽梵往世书》中有记载。

3　印度现代著名的瑜伽士。

4　印度著名的精神导师。

《圣经》，里面夹着唯一一张她珍藏了一生的照片，而乔纳斯梦见的，就是照片中的那位少女。

马耳他有一种独特的木质渔船，叫作鲁祖，船身涂上各种颜色，装饰着奥里西斯象征祥瑞的眼睛。少女身穿一件无袖的绿T恤，乌黑柔顺的头发束在耳畔，她戴了一个样式奇特的头巾，对着镜头开怀大笑。她在对谁笑？为什么笑？她坐在鲁祖船边缘，背后是平静如镜的大海，由高大的灰白色岩石围着。

后来在梦里，岩石筑成的高墙慢慢往两侧退去，犹如拉开两块幕布，一阵海浪打在船上，将船冲到一座幽暗、可怕的小岛。

梦到这里，乔纳斯惊醒了，一下起身坐立在床上，他立马打开灯，想赶走痛苦，搞清楚梦到的是什么。但一天过去了，他还是没弄明白。

他之前并没有打算在岛上这几天探寻母亲的过去。来这里旅游的目的，只是完成玛丽·贝丝·格雷奇的遗愿。母亲是在这座岛上出生的，离开这里已经四十多年，她让乔纳斯一定要亲自把骨灰撒在岛上。跟塔玛拉去了蓝窗，做了那个奇怪的梦，维珍执着地调查曼荼罗·辛歌，这些都让他问自己，母亲的遗愿是不是还有其他意思，是不是要他探寻自己和自己的根源，将他从未完全摸透的生活拼凑完整。

他决定明天把这些想法都告诉塔玛拉。她比其他人更懂得解读那个波涛滚滚的梦，也许还能帮忙找出母亲拍那张照片的确切地点。照片是扫描下来的，他存在手机里，带在身边。他会将生育了他的母亲撒在那里。他会将他孤儿的痛苦埋在那里。

那天晚上，奥利维亚终于决定把玻璃珠穿上美人鱼红绳。其实，听了达娜的塔罗牌占卜，她开始想未来有没有可能远离巴勃罗。也许远离巴塞罗那，远离西班牙，有什么不可以呢？况且，她一直都很喜欢旅行，只是因为餐厅才停下了脚步。因为她和巴勃罗觉得，他们是一个家庭，而家庭需要习惯、延续和生活琐事让它变得更好，只能变得更好。

当两个伙伴变得亲密无间，开始以密不可分的整体讨论事情，忽视其他一切，他们会说"我们是""我们做""我们有"。她觉得夫妻之间也是这样。

她和巴勃罗曾经也是这样。有许多年，他们是团结、自信的"我们"，并且牢不可破，引以为傲。后来，那个称呼渐渐开始瓦解，"我们"变得含糊、勉强，甚至言不由衷，直至分裂成"我和你"，最后变成"我"和"我"，两个人不再想有任何关系。

奥利维亚又感觉一股怒气攻上心头，她在红绳上打下第一个结，固定了第一颗珠子，大声喊道："原谅巴勃罗。"打第二个结时，她告诉自己忘记他。第三个结：无论如何，再也不需要他。第四个结：多为自己考虑，找回失去的平静。第五个结：平息心中折磨自己的愤怒。第六个结：找到解决餐厅问题的好办法。第七个结：仍然为自己考虑，如果有必要，到别的地方重新开始，就像房间的背面所写："事情结束了，就结束了。"

最后她倒头睡去，累得实在撑不住了。她在梦里见到一种用杧果、仙人掌和新鲜奶油做的新式甜品。也许她的未来也同样新鲜。

二十三

　　塔玛拉永远不可能像达娜那样能干。虽然她很努力地做家务，但无法全身心地投入，短短几个小时也不行。

　　她准备好了自助早餐，小心地摆上鲜果汁、胡萝卜生姜蛋糕、达娜做的素食脆饼，夹着天然蜂蜜的全麦奶油面包，旅馆自制的木斯里和粗粮。然后是茶、酸奶、咖啡、炒鸡蛋和各种各样的牛奶……但食物有没有热好，饮料冷藏的时间够不够，餐具有没有擦亮，杯子有没有摆整齐，桌布是不是哪边长了或者哪里皱了，塔玛拉根本不在乎。

　　生活就是一团糟，为什么非要把细枝末节弄得井井有条？

　　不管怎么说，她尽了最大的努力，祈祷客人不会发现跟往常有太多不同，甚至更糟糕或缺了什么。

　　她今天不打算去沙滩。也许她终于要着手新的"雕画"——本杰明和西晴，一个像海豚，另一个像小美人鱼。或许她打算跟维珍聊聊，弄清楚为什么她还在调查曼荼罗。

"早上好。"乔纳斯跟她打招呼。

"早上好！"

"今天不去游泳吗？"

"早饭前不去。饭后应该也不去。今天我替达娜当班。"

"明白。嗯……如果有时间的话，我想跟你聊聊。"

"当然可以。来杯咖啡吗？"

"好，谢谢。"乔纳斯答道，摸摸睡眼惺忪的脸。

与此同时，达娜正在带着两位欣欣向上的客人——除了双胞胎姐妹，别无他人——做瑜伽调息和精力恢复训练。

她们走到花园中央的木台，把垫子铺在上面，刚坐下来，达娜就说："闭上眼睛，听自己的呼吸，让它指引我们。""两个手掌合在一起，放在胸前，往下一点，然后双手举高，举向我们头顶的天空。在脑海里感谢这个早晨和全新的今天！"

"一切还好吧？"塔玛拉问乔纳斯，他正搅着杯子里的糖，心事重重的样子。

"嗯，很好。你知道我母亲的遗愿吗？她让我把她的骨灰撒在岛上。"

"你在信里解释来这儿的原因时说过了。"

"对。我之前决定撒在蓝窗，但是后来做了一个奇怪的梦，记起一张照片……这张。"他解释说，手指在手机屏幕上滑动，闪过一连串照片。

"这是你母亲吗？"

"对，四十年前。"

"你跟她很像，眼睛一模一样，嘴唇也是。她很漂亮！"

"我也一直这样觉得。你能认出来这是什么地方吗？"

"是内海[1]，像个水库，在蓝窗后面。那天晚上我们路过了的，但是天太黑了……海水穿透岩石，打通了一个深六十来米的洞，里面就跟大海连通了。通常会坐鲁祖一类的小船通过那个洞……你母亲很可能刚玩儿了一圈，或者正在玩儿。你要我陪你去吗？"

"好啊，那就太好了。其实……我不知道为什么之前没想到，但是……可能我还有些亲人生活在这里。我可以有个家，有个姨妈，几个表哥也好……母亲经常跟我提起她一个妹妹，年轻的时候，她很喜欢她，我知道她还有几个兄弟。她没跟任何人联系，她不想。但是现在……"

"你想见他们吗？"

"我不确定，我不知道她怎么想的。"

"你想要什么？"

"欸，她就是我的家。我对我父亲一无所知，连找都没找过。我现在一个人。"

"所以呢？"

"嗯，我想见他们。如果他们也愿意的话。"

"我可以帮你找找。有个人肯定可以帮我们。你要现在联系她，还是说再想想？"

"我没时间浪费了。再过几天就要变回原来的我。我想在这之

---

1 戈佐岛的著名景点。

前找到他们。"

"把咖啡喝完吧。"塔玛拉建议，她的声音柔美无比，乔纳斯立刻就感受到了，"吃点东西。"

乔纳斯吃了很多炒鸡蛋，又倒了一杯咖啡，拿了两片素食饼干。

"空肚子可对付不了喜怒哀乐。"塔玛拉一边故意说给达娜听，一边调高听筒的声音。

"是马克斯吗？你好！是不是打扰你啦？"她开始打电话，言语间洋溢着喜悦。

闹钟响了，阳光透过彩色的木百叶窗洒在房间里，伊娃没有理会。那天早上，她打算留在旅馆跟达娜聊一聊，但最好跟塔玛拉谈。这两个人在岛上有些年头了，应该知道一些跟曼荼罗有关的事情。

她太蠢了！没有一到这里就找她们聊。不过幸好，今天才星期二。还剩下六天时间可以完成任务——弄清十年前的八月，米娅身上发生了什么，她母亲到底怎么了。

旅馆的 Wi-Fi 只能早上用一个小时，晚上用半个小时，她一连上 Wi-Fi，就想下载那位歌手的名曲。她想反复听那些歌，反复读那些词。带着你的海浪，冲向你的远方……乔纳斯昨天哼了这首。带着你的海浪，冲向你的远方。后面是怎么唱的？我曾在海里遨游，我的爱情潮起而始，潮落而终……

伊娃轻而易举地看透了歌词里的死亡讽刺：海浪、潮汐和对大海的爱使曼荼罗成名，也为她掘下了坟墓。她歌唱、赞美的大海却让她永远失声，更不幸成了五岁女儿的清澈坟墓。

她最后终于连上了网，登上 You Tube，看了很多曼荼罗的视频：曼荼罗·辛歌在格莱美奖和 MTV 音乐录影带大奖现场，在伦敦的皇家阿尔伯特音乐厅，在纽约的无线电城音乐厅，在洛杉矶的斯台普斯中心……还有少数几张狗仔拍的她跟米娅在一起的照片：母女二人在伦敦一家剧院，初次穿上戏服为专辑《滔天巨浪》拍摄封面。她们坐在一个透明的浴盆里，仿佛两条快乐的美人鱼，大的满头红发，小的头发是金色的，梳着发髻。

米娅今年应该多少岁了？她马上算了算。根据维基百科上的资料，小女孩如果还活着，现在应该是十五岁的少女了，而那位歌手，今年九月应该满四十四岁。

一位明星能凭空消失在这座三万人的小岛上吗？不可能。然而……她下载了专辑《滔天巨浪》，除了同名热曲，里面还收了另外十来首歌，包括广为人知的《深海》《你的蓝》《追寻美人鱼》。

追寻美人鱼，追寻梦想，我拥有的不过是我的画像……她开始哼唱，同时踏起舞步，脚却绊到鞋子，失去了平衡，屁股朝下摔在地上。她无奈地笑了笑，仔细看看天花板和整个房间，四肢在湛蓝的地板上舒展开来，把自己想象成一个不同寻常的四脚海星。写在门背面的字是什么意思？"发生的事，冥冥之中早已注定"。伊娃又读了读那句话，理解的意思与达娜的本意背道而驰。

她暗自祝愿那一刻早些到来。

做完一套瑜伽动作，丽莎想躺在床上。昨天白天的喜悦和干劲儿在晚上消失得一干二净，取而代之的是爱搭不理的冷漠。

她站了起来，卷好木台边的垫子。

妹妹已经去餐厅吃早饭了，达娜正手脚麻利地打扫刚用完的木台。

耀眼的阳光已经洒在大地和墙上，将一切变得炽热。她很渴，又渴又困。她想先解决口渴，再躺进游泳池，舒舒服服睡去。

她光着脚走在地板上，脚步很慢。她喜欢打赤脚，喜欢这里的很多东西。在来这里之前，她已经忘记了什么是度假。她跟罗贝尔托旅游过很多次，但都是真真正正的旅行，行程安排得满满当当，哪些景点要游览，哪些表演不容错过，哪些餐厅必须品尝，哪些展览必须参观……然后是购买衣服、鞋子、化妆品、包包、手表，必须遵守时间安排。说到底，罗贝尔托跟拉拉没什么不同。跟妹妹一样，前男友总会制订一个计划，目标明确。而她不会，她活着就够了，觉得这已经很艰难了。

其他人已经在饭厅吃饭。她倒了一杯水，坐在奥利维亚和妹妹中间。

"大家早上好。"达娜边打招呼，边给他们端上满杯的无渣果汁，"感觉怎么样？我有个请帖给你们。"说着，递给每位客人一张纸片。

"这是什么？"维珍读都没读，立刻就问。

"是特殊的静坐。今天晚上我想请你们不要忙其他的，都到这里集合。七点？"

"苏菲教[1]的旋转舞？认真的吗？"维珍又接着说。"谁来跳呢？"

达娜张开双臂，把大家拥入怀中。"不就是你们吗？今天往后的三天是拿来疗伤的……要疗伤只有一个办法，那就是翻页……开始新生活。晚上我在这里等你们。好好玩儿！"

---

1 伊斯兰神秘主义派别的总称。

二十四

伊娃/维珍留在厨房，希望可以遇到塔玛拉，结果却看见达娜弯着腰忙活。

"需要我做什么吗？"达娜边问边放下手中正在切蘑菇的刀，又说，"我在准备晚上的蘑菇汤。"

"吃了会产生幻觉的那种吗？然后再静坐？"伊娃开起玩笑。

"没准儿！"达娜微露一丝笑意，"永远不要相信厨师。"

"那我最好找塔玛拉喽……"

"看什么事。你想要什么？"

"曼荼罗·辛歌的消息。"

"啊？为什么？"

"因为……我们公司想推一本那位歌手的传记，纪念她隐退乐坛十周年，而我正好到这里来度假，所以公司就让我搜集一些有用的信息。她以前的经纪人很久没跟她联系了，至少他是这么说的。我认为……我们认为这里可能有人能提供一些具体的消息。"

"我以为你来这里是为了解决没法怀孕的问题。"

"嗯……也是……但是……"

"果然，你丈夫说得对，你永远都在忙。你的眼里只有工作。"

"不，不是这样的。我只是把对我有用的和让我快乐的结合在一起。"

"什么是让你快乐的？"

"在你们这里静修旅行。"

"好吧，这应该是有用的。"达娜反驳，"总之，你说得对。我帮不了你。十年前我刚生了本杰明，除了他，我什么都不关心。这就是母爱的力量……你很快就会明白的。"

"哼……"

"有什么疑惑吗？忘记吧。我在塔罗牌上看见了。"

"什么？"

"你会怀孕。"

"我会什么？"伊娃尽量表现得镇定，但面色立马变得苍白。

"从那张女教皇看，你很快就会成为妈妈。"

"我？哼，不……当真？"她神情困惑，结结巴巴地说，"塔玛拉在哪儿？"

"下楼左拐，在她画室里。"

伊娃走到前厅，停住脚，缓了口气。达娜说的是谁？是她，还是她假装的同事？她耸耸肩，笑了笑，心中十分清楚，达娜连眼下都看不透，那就更别说预料未来了，她那些牌只是在胡扯，把客人耍得团团转的拙劣迷信。糊弄谁都可以，但她不行。

塔玛拉把从海里捡回来的东西放在一个大篮子里。她在里面翻来翻去，顺便找找灵感。她挑了一团泛黄的乱网，两个褪色的易拉罐，一些光滑的碎玻璃，甚至一张长长的硬轮胎皮和一把乌贼的骨头。

她刨光两块木板，拼在一起，将一张更大的细布铺在上面，随后开始涂第一层胶水乳液，等细布晾干。与此同时，她挑选打算使用的颜料：炭黑、银白、珊瑚红、普鲁士蓝、含羞草黄。再看看几天前画的草图，改改人物的比例和站位。

"我可以进来吗？"乔纳斯出现在门口。

"快请，随便坐。你看，这儿东西也不是特别多。"

乔纳斯打量着这个地方，两个石拱门连着天花板，光线穿过地下室的玻璃门显得朦胧。

"这就是你的金库呀！"他说。

"只是个石窟，有些装饰品。"塔玛拉谦虚地说，把工具放在桌上。

"我们都是从石窟来的。"乔纳斯开玩笑。

"你行李箱里不会还有原始人用的棍子吧？"

"没有，这次没带。其实，我是来谢谢你帮我的。"

"我什么都还没做。"

"但我知道你会做。"

"怎么知道的？"

"澳大利亚人的直觉。你去过澳大利亚吗？"

塔玛拉垂下目光，点点头。"但愿今晚能给你带来好消息。"

她摸着画笔的笔尖，说道。对乔纳斯的问题避而不答。

"谢谢。"乔纳斯再次道谢。

"我很愿意帮你。"

"那我先走了，不打扰你跟你的海洋生物独处。"

"我猜你现在要去内海。"

"你怎么知道？"

"岛民的直觉。"

乔纳斯做了一个开心的鬼脸，塔玛拉哈哈大笑。那个男人知道怎么让她的心卸下包袱。她希望有一天也能变得这样轻盈，在海中遨游，不再坠入深渊。

乔纳斯前脚刚走，维珍就站在楼梯上吓了她一跳。"打扰你了吗？"胶水马上就涂好了。

"维珍吗？进来吧。"塔玛拉欢迎道，没有停下手中的工作。

"原来墙上的'雕画'是你的啊！你为什么不告诉我？"

"因为你没有问我呀。你之前猜肯定是其他人画的，我就让你相信喽。"塔玛拉边说边画。

"太漂亮了！"

"谢谢。但你来这儿不是为了这个吧？"

"嗯，对。"维珍承认，"我想问问你，能不能帮我找……"

"找个孩子？那你跟达娜说更合适。"

"不，不是。我在找曼荼罗·辛歌的消息，我想知道悲剧发生过后她怎么样了。事情发生的时候你在岛上吗？"

"为什么要找她？"

"为了公司。我们正在推一本她的传记，纪念她隐退十周年……"

"你信里不是这么写的。"

"当时我也不知道！后来我上司知道我要来这里旅行，就让我……"

"调查？"

"找到她。"

"目的是什么？"

"请她帮忙。"

"但她已经消失了！"

"所以我要找到她。"

"很明显，她不想你和其他任何人找到她，否则就不会消失了。"塔玛拉与她针锋相对，声音里透着一丝激动。

"可是我必须找到她。"

"必须？"

"嗯……很重要。"

"对你还是对你上司？"

"对我们都重要。"

"我没见你上司跟你一起来啊。"

"你可以帮我吗？"

"不可以。不管怎么说，我认为大家都有隐私权。"

"名人没有。"维珍有些愤怒。

"普通人才不需要，没人会注意他们。"塔玛拉吐了口气，终于放下了调色刀。

"女孩儿淹死的时候，你已经在岛上了吗？"

"她叫米娅。"

"对……"

"不是淹死的。"

"警察的通报是这样写的。"

"遗体一直没找到。"塔玛拉又说，双手紧紧攥着那团黄色的乱网。

看到塔玛拉手中的网，伊娃把大海想成一顶帽子，那团网看起来像一绺露在帽子外面的金发。忽然，她觉得背后袭来一丝凉意。

"抱歉。"她用一只手捂着嘴巴说，"我感觉……感觉不舒服。"

"你坐在这儿。"塔玛拉安慰说，让她坐自己的凳子，"我去叫达娜煮点儿草药，马上就回来。好好调整呼吸。"

伊娃一个人在那里，凉意沁入她的心肺。她希望自己没有生病。她会继续寻找曼荼罗，会继续找下去的。

奥利维亚买了满满一篮子水果和蔬菜，开始耐心地在货摊前排队。摊贩是个农民，每天都把他地里的水果、蔬菜运到教堂后面的市场。她自告奋勇帮达娜买东西。而且，护送这些让食谱多种多样的食材，是让她最开心的事情之一。

那天她想开发一些新菜，想用岛上到处都是的角豆果做布丁，还想用蜂蜜和仙人掌做意大利冰糕，但最想用无花果做法式焦糖布丁。总之，她想要甜的东西。她很少这样，一般来说，她的味觉更青睐咸味，但那天早上不一样。

付完钱后，她提起装得满满的篮子往旅馆的吉普车走去。车子停在面包店前，那家面包店从来不歇息，不断地生产面饼、本地比萨和风味奶酪馅饼。

走到面包店门口，她只吸了一口气，就闻到了辣椒刺鼻的香味、凤尾鱼浓厚的酸气、蒜末扑鼻的香味和刚摘下的罗勒的芳香。但其中还夹着一股花香，她很难辨认出是丁香花蕊还是香桃木。

好奇的她拉开面包店的帘子，走了进去……木制装修的内厅像一个闷热的烤炉，不间歇地烤出上百个面包和糕点。

大理石案台上的面团变得疯狂，想进入烤箱，变成辫子面包、长条面包、面包棍和酥皮点心。年岁不一的三姐妹经营着作坊，在这里同甘共苦，一起做面包。她们发面，擀面，烘烤，对这套完全属于女人的工序轻车熟路。

奥利维亚在一旁观察，被她们心有灵犀的默契配合深深吸引。她买了一些面包，会令整个旅馆的人垂涎欲滴。不过还好，晚上她就为同伴将美食奉上餐桌。

她觉得，只要水和面粉两种原料，就能塑造一个完整、复杂、千变万化的世界。将两样东西合二为一，就能孕育万物。这就是创造的秘诀。这就是爱的秘诀。

二十五

达娜将坐垫沿着客厅的墙边放好，为客厅中央腾出更多空间。她拉上窗帘，想营造一种宁静、朦胧、与外隔绝的气氛。音响连着 iPad，正在放音乐，乐声与达娜营造的气氛相得益彰。她身旁有个小推车，上面放了五个小杯子和一个热水瓶，一个挨着一个。

她双腿交叉，盘坐在地，嘴里重复念一句不知道是什么意思的咒语。与此同时，双手有节奏地举高，时而合在一起，时而像翅膀一样张开。

伊娃 / 维珍自在地站在墙角。早上的不适让她很虚弱，也让她有机会好好休息，她现在心情非常好。她一整天都在睡觉，一会儿在床上，一会儿在游泳池边，一会儿在花园的吊床上。

蔚蓝色的树脂地板将她和塔玛拉隔开。塔玛拉从地下室上来时问："你怎么样了？"

维珍做了一个"ok"的手势。

她最先坐下，丽莎和拉拉紧随其后，然后是奥利维亚，乔纳斯是最后一个。

"首先，谢谢你们接受我的邀请。"达娜兴致勃勃地说，"你们也知道，今天过了，我们的旅程就过去一半了，这是开始和结束的连接点，主题是疗伤。所以我们一起做一次治疗训练，这是我从旋转舞中得到灵感发明的。如果宇宙、大地、血液、生活……都在旋转，那么我们也会旋转！"她越说越起劲儿，同时站着给大家展示她穿的宽松的亚麻布裙子。

"我希望你们也穿上这些。"说着，塔玛拉帮她一起发给每人一条同样白净的围裙，"你们现在好好看着：我们以左脚为中心支点，把身体的重量放在左脚，右脚踏小步，逆时针方向旋转。来，你们试一下。先慢一点儿，然后根据你们的节奏加快速度……对，就是这样。非常好！注意你们的眼睛，在整个转的过程中，眼睛一定要睁开，盯着天花板，地板也可以，不要分心到其他地方，不然你们会感觉不舒服。反正，你们想停的时候就坐下来，躺在地上也行。可以吗？啊，最后再提个醒，"她继续说道，"手臂要张开，右手心朝上，左手心朝下，你们与天地相连。"达娜阐释得很清楚，"开始吧？我们先试一试？"

大家都开始跳舞，只有维珍一个人靠着墙，岿然不动。

"都还好吧？"塔玛拉上前来询问她。

"很好，只是……"

"头晕吗？"

"不是，但是我不……我不喜欢这些新纪元运动的东西。"

"实话实说，苏菲教的舞存在很久了，非常古老。"

"那我也不喜欢炒冷饭的。"

"你害怕什么？"

"害怕？我吗？我什么都不怕！"

"那你证明一下。"

"这又不是比力气。"

"这是比胆量。"

"在这里比胆量，只会让我变得可笑。"

"有谁会在意呢？"

"我自己！我告诉你，我不想跳舞。"维珍回击。

"跟我也不跳吗？"乔纳斯邀请她，拉起她一只手，"愿意跟我跳一支吗？"男人把她拉进人群，维珍最后同意了，但她仍然像执拗的小孩，板着脸。

其他人正练着舞。奥利维亚动起来畏首畏尾，量着脚步的长度，丽莎倒是很开心、兴奋，就是动作不协调，拉拉则与之截然相反，单脚旋转，仿佛一位一流的芭蕾舞演员。

"很好！"达娜突然说，"现在慢下来，直到完全停下。然后坐一会儿，喘口气……一会儿我们再认真跳。但在那之前，塔玛拉会给我们端来'舞前忘我鸡尾酒'，帮你们放松一下。"

"酒？"拉拉有些疑惑。

"可这不是静修旅行吗？"维珍挑明。

"你别把我们灌醉了！"奥利维亚非常警惕。

"酒的配方是秘密，不过你们要相信我。为你们痊愈干杯。"达娜说道，将杯子送到嘴边。

"我什么时候才能痊愈？"维珍没喝完就讥讽。

"啊，很简单。当你记不起来自己是怎么受伤的，就痊愈了。大家准备好了吗？"达娜一边问，一边加大 iPad 的音量。

伴着定音鼓和铙钹的合奏，优美的竖笛声响彻整个旅馆，达娜率先刮起一阵旋风。她是这阵风的开始和结束。

其他人仿佛屋里的白色幻影，以自己的节奏开始旋转。塔玛拉不得不在一旁看着他们。

对于那个时刻，他们之中谁也不会忘记，谁也不会真正记得。

丽莎躺在地板上，感觉心随着大地的节奏跳动。她闭上双眼，尽量集中精力听达娜指导，但还是做不到。她的心中突然产生一阵骚乱：破碎的"过去"坠落在"现在"，仿佛一个玻璃门摔得支离破碎，扎进思绪的血肉。

"你们有没有看见什么特别的人，或者有人跟你们说话？"达娜这时问大家。

丽莎不确定自己是否想知道那是谁，但已经晚了，太迟了。一张清晰的轮廓正浮现在她的脑海中，不，是两个人，一位是她母亲；假如她结了婚，另一位就是她的婆婆。她们面带微笑，手拉手，向她走来。

丽莎等着一个动作，不一会儿，母亲抚摩了她。那一刻，她开始在心中啜泣。

而拉拉躺在地上，勇敢地盯着闪闪发亮的天花板，时而清晰，时而模糊，节奏分明。她闭眼时，觉得既痛苦又激动。激动更甚于痛苦，她看着母亲向自己走过来，准备拥抱她。然而仔细一看是父亲，她熟悉那哀伤的眼神。但她需要的不是他。又或许是呢？

奥利维亚放慢脚步，直到完全停下。她坐在地板上，抱住两只膝盖。一阵忧伤涌上心间，好像忽然变幻到了冬天，而她还在盛夏，穿着泳衣在海滩。在达娜指导静坐前，奥利维亚隐约看见了奶奶的红头巾。奶奶抚养了她，养育了她，抚育了她，不仅如此，还教会她烹饪。最近几年，餐厅使她愤怒、伤心，假如奶奶还活着，她会怎么跟她倾诉？爱能挽救很多东西，但并非全部。爱会索取，而非乞求。最后，爱只能用爱回应。其实她从来没有离开。没有人会离开，大家都在同一间屋子里，即便再也看不见彼此。

所有人都停下的时候，达娜关掉了音乐。

她说："谢谢，谢谢大家一起度过这一刻，希望你们好好保存在心里。有些人已经离开了，但你们仍然心存感激，心里永远有他们。晚上回到房间，记得点燃'休憩法宝'里的白蜡，这样可以与他们的灵魂交流。一个小时后等你们吃饭。"

看到乔纳斯泪珠晶莹的双眼，维珍走近，一只手放在他的肩膀上。

这出闹剧有什么用？她非常生气，讨厌这些装神弄鬼的荒唐把戏。存在之外没有其他存在，业已存在的已经足够。

她打算反驳达娜，但乔纳斯示意她冷静，紧紧抱住她。

"有些奇迹让人流泪。"他轻声对她说。

"我更喜欢让人微笑的。"

"唉，你没办法选择。只要你相信奇迹，就由不得你。"

"我什么都不相信。"

"那你更不幸。"乔纳斯说着，轻轻拍了拍维珍的脸蛋，"走，一起去楼上喝杯啤酒。"

他们彼此紧紧贴着，一起上了楼。外面，天空已经泛紫。这是奇迹的颜色吗？

二十六

伊娃决定起床。她睡得很沉，一觉睡到天亮，中间没醒过，但还是感觉不舒服，没有休息好。她感到疲惫、恶心，全是昨天该死的静坐害的，也可能是啤酒喝太多了。她总结道，永远不要跟澳大利亚人喝酒。

但昨晚很美妙。她和乔纳斯晚饭前、晚饭时都喝了酒，饭后还拉着他去了托尼的酒吧。

他们一直聊到深夜，什么都聊，又什么都没聊。彼此讲述自己的故事，但没有刨根问底。另外，她不仅是个优秀的情报手，而且守口如瓶。

她在八卦圈摸爬滚打多年，深知相信别人是很危险的，必须小心谨慎，不管什么时候，总会对秘密缄口不言。那么真诚呢？真诚是一种被高估的美德。对自己真诚很重要，对别人呢，可以真诚，但有时候绝对不能。

对于乔纳斯，她已经知道了她所需要的，即乔纳斯是单身，喜欢独处，热爱自己的工作，但同样向往自由，花销主要用在户外冒险、徒步旅行、旅游和冲浪。

至于她自己，她把她的背景和维珍的混在一起，讲了一些能讲的。希望乔纳斯不要介意婚外情和三角关系。不过伊娃这个情况，算上她自己、维珍和维珍的丈夫，已经有四个人了。

她进了洗手间，穿好衣服，准备下楼找杯黑咖啡。房间的门是蔚蓝色的，门边有个木桌，上面摆着钥匙、钱包、遮阳镜和她昨天晚上不愿点燃的白蜡。

昨天静坐时，其他人说自己见到了逝去已久的亲人，但她不一样，她找到了儿时的自己，依然戴着黄色的圆点花发卡，穿着最爱的蓝色鞋子。她没有告诉任何人，更别说是达娜和塔玛拉了。伊娃十分抵触她们，或者更准确地说是抵触她们装神弄鬼的把戏。

她悄悄溜进厨房，发现一个人也没有。客厅也是空无一人。花园也同样。是不是都在楼顶？她顺着楼梯到了楼顶，游泳池里只有几位客人——本杰明的充气玩偶独角兽乌戈和海豚蓝箭。

二十五年前，她也有一件蓝色的救生衣。她在西班牙的马拉加学会了游泳，至今记忆犹新，那是唯一的一次家庭旅行，她非常怀念。后来父母离了婚，又各自再婚，她自然而然就有了继父、继母。但她并不是一个不幸的孩子。相反，她得到了房子，两只小狗，两只小猫，同父异母和同母异父的兄弟姐妹。最重要的是，她得到了八岁孩子少有的独立和自由，随时整装待发，踏上不同的地方。她必须像小时候那样小心、警惕，注意不让身边的人知道她的心情，从她嘴里套出什么话，随时准备开溜。假如一条船有很多港口可去，它会在这些港口之间不停奔波，从一个到另一个，不做任何停留，直到耗尽燃料。同样，她的童年像一场小历险，历经了失败和胜利，她自食其力，幸存下来，成为自己史诗里的英雄。而且她一点也不多愁善感。

回到楼下，她往村子中心走去，希望在那里找到想要的咖啡，最好 Wi-Fi 也有两格信号，让她重新跟世界联系。

马路很干燥，泥巴结了块，两边的灌木似乎也因为太热而紧缩身体。她在炎热的乡间，沿着那条小路，继续她日复一日的冒险。

塔玛拉从水里出来的那一刻，乔纳斯刚好踏进大海，两人就这样沿着湿沉的海滨线聊了起来。

"早上好。"她说。

"你也是，早上好，美人鱼。"

"啊，美人鱼会唱歌，没有思想。"

"你是这样的吗？"

塔玛拉继续擦头发，没有理会，反而问道："你心情怎么样？"

"说实话吗？我不知道，但是昨天静坐之后，我打算完成我母亲的遗愿。她在世的时候就让我那样做，昨天她又提醒了我。以前她离开了这里，现在回来了。她的灵魂在这里，你明白吗？"

"我明白的比你想象的多多了。"

"我想今天晚上在内海为她准备一个小仪式，傍晚把骨灰撒了。你和达娜能帮我吗？"

"当然。你只需要负责……你们。其他的我和达娜负责。"

"谢谢。我……"他咬着嘴唇低声说，"我没想到我会这么难过。"他叹着气说。

"你会难过，会难过很久。会永远难过。我想告诉你，到了某一刻，你就不会再感到痛苦，但这一切是假的。你让她离开的时候，你并不会觉得开心，但是她会。你做的一切是为了她，我们做的一切是为了他们。我们往前走，在生活中用生命回忆他们。我们必须坚信他们以前活着，他们每天都活着，直到我们出现了。我们忘记他们时，他们就死了，但如果我们爱过他们，就不能忘记他们。所以，他们永存不朽。我们所有人，都在留下的人的记忆中永存不朽。"

"所以你每天都到这里来，对吗？"

塔玛拉退后两步，脚踩在水里，身体微微颤抖。

"是为了你女儿。"乔纳斯继续说。

塔玛拉两只手紧紧攥着，贴着起鸡皮疙瘩的大腿。

"乔纳斯，别这样。别逼我记起以前的事。"

"你不应该承受这样的痛苦。"

"这是惩罚，因为生命还存在的时候，我们不够珍惜，总是把它当作玩笑。"

"如果不那样，我们就活不下去。"

"也不会死。"

塔玛拉靠着乔纳斯，他坚实的臂膀像一块岩石，或者一个家，能撑起一切，即便是风暴也无所畏惧。

乔纳斯抱住她，好像他就是风暴，自己才能克制自己。

达娜吻了吻本杰明温热的额头。

"宝贝儿，你要听话哦。"达娜叮嘱他，"就沿这条小路走。你们下坡走到加因巴拉尼悬崖那里，游一会儿就回来，别到处乱跑。中午十二点半我在家等你们。拿着，把保温杯放进背包，这是给你和西晴的冰茶，还有两个苹果，一些香蕉，游过泳饿了吃。"

"好的，妈妈。"

"你有表吗？"

本杰明从兜里掏出一只表。"这儿呢，现在九点整。我们十一点半准时从海湾回来。"

"真乖，小男子汉。你要照顾西晴哦。"

"还有洛奇。"

"那当然。你可是队里的头儿，对吧？"

"我是船长！"

"勇敢的船长！"

"妈妈，你也很勇敢。"

"真的吗？谢谢宝贝儿！"

本杰明下了吉普车，带着洛奇往西晴家走去。两个小孩将径直走向那个海湾，他们觉得那会是一场历险，因为童年的每分每秒都在历险，因为生命年轻时就是如此。

二十七

那天时间完全对不上表，忽长忽短，为的是让达娜和塔玛拉准备乔纳斯母亲的告别仪式。

即便已到傍晚，太阳似乎还不打算腾出位置给月亮。

太阳一步步缓缓落下，将内海的岩壁照得火红，水面的鲁祖船轻轻摇晃，静静等待船客。

乔纳斯登上鲁祖船，手里紧紧拿着母亲银色的骨灰盒，塔玛拉紧随其后，她提着篮子，里面除了一束白玫瑰和一盏蜡烛浮灯，还有其他东西。

解开将木船固定在码头的绳子后，只听见一阵隆隆的引擎声，小船就漂流在内海湛蓝的水面，朝风洞入口驶去。

风洞像一条隧道，里面黑漆漆的，岩壁很光滑，出了洞是一片开阔的内海，在金色霞光的映照下，水面波光粼粼。

景色美极了。乔纳斯确信母亲会开心。她终于回到海浪的怀抱了，透着草地、番茄、葡萄树、野茴香和刺山柑的气息的海浪。

她终于永远留在了故乡。

曾经支撑蓝窗的岩壁遭风力刨削，变得平展，鲁祖船沿着这片岩壁前进时，塔玛拉开始装饰平静的海面，她点燃浮灯，放在海面，把玫瑰花瓣撒在海中。

不一会儿，风洞口出现了另一艘鲁祖船，并驶近塔玛拉他们。两艘船并驾齐驱，在浪中摇来摇去。船上有达娜、奥利维亚和乔纳斯从未见过的一男一女，女的脸上蒙着黑纱，眼睛死死盯着水面，男的则望向远方宽阔的海面。

塔玛拉轻声唱起一首摇篮曲。她向乔纳斯伸出一只手臂，想让他站起来。乔纳斯上岛时就期待的那一刻到了。他离开澳大利亚来到这里，为的就是这一刻，完成这个仪式。

他小心翼翼地打开骨灰盒，用手抓了满满一把，撒向地中海蓝色的涟漪上，撒在船周围，直到全部撒完。最后，他吻了吻骨灰盒，让它沉入海中。

他一坐下，两条鲁祖船就排成一前一后开动了。船划出一道水痕，玫瑰花瓣和点燃的浮灯踏着水迹，与一条生命的最后灰烬随船漂去。

乔纳斯站在船上，摇摇晃晃，站立不稳。他站在塔玛拉身后，一只手搭在她的肩上，另一只手让船夫搀着。想到这次下了岸又得疼，他就使劲儿抓住那个带他来这里的女人。

前面不远的几米处有一个白色帐篷，在双胞胎姐妹的帮助下，奥利维亚准备了一份简单的自助餐。

他母亲也会来吃，她讨厌没有食物和茶点的葬礼。另外，他也需要来点刺激的东西，希望有威士忌，或者杜松子酒。

几个女人紧紧围着他，一一与他拥抱。

"我想带你见个人。"达娜对他耳语，把他拉出人群。

那个女人摘下了面纱，额头跟他母亲一样高，眼睛跟他母亲一样清澈。

"乔纳斯，这是萝丝。是你姨妈，你妈妈最小的妹妹。"达娜说道，声音尽量控制得不那么激动。

乔纳斯不作声，在眼泪与笑容间煎熬。最后，在这个与他有同样肤色、骨架、血液和基因的陌生女人面前，他流下了眼泪，露出了笑容。

"谢谢。"他说，"谢谢你能来。"他握住姨妈的双手。他早已熟悉了那双手的脉络和温度。

达娜让他注意另外一个棕色皮肤的高个男人。男人稍稍往前走了几步，但步伐很坚定。"这位……"她很紧张，"他是……"

"你父亲。"男人言简意赅，脸上的表情十分痛苦。

乔纳斯退却几步，好像他们对着他的心脏开了一枪。他再次失去了平衡。塔玛拉再次扶住了他。

"这对乔纳斯来说肯定是场惊吓！"拉拉惊呼，她走进房间，直接躺在床上，"昨天有静坐，今天举行他母亲的告别仪式，然后又见了一个自称是他父亲的陌生人。以后二十年要多往精神病医生那儿跑了！"

"哎，至少现在弄清了自己的身世。我也觉得是场惊吓，但是积极的那种。"丽莎接话。

"时间、场合都不对啊。我要是达娜的话……"拉拉坚持自己的观点，"……我会先看是什么人，再丢炸弹。"

"可能不是所有人都一样吧。有些人随时都准备好知道真相。"

"你以前是这样的吗？"

"你指的是什么？"

"你当时准备好退婚了吗？"

"拉拉，我不想谈那场婚礼。"

"为什么不想？我们还没有好好谈过。"

"没这个必要。不管怎么样，这不是我们之间的事，顶多是我和罗贝尔托。"

"可现在照顾你的是我，不是他。"

"那我感谢你，但是那件事跟你没关系。那段关系里只有两个人，我和我男朋友……"

"那我呢？"

"你什么？"

"发生在你身上的事跟我有关系。你要是伤心，我也伤心。你要是开心，我们两个都开心。这就是相亲相爱的两姐妹。"

"但是我的选择以及后果，只能我自己负责。"

"我不想看到你痛苦。"

"拉拉，那不可能！就算是父母，也无法让自己的孩子永远快乐。"

"但是父母可以支持他们、安慰他们，带他们走出泥潭。"

"不是什么时候都可以。你不想想，要是像你说的那样，爸爸会忍心看着我们受痛苦吗？"

"别跟我提你父亲……"

"也是你的父亲。"

"他早就不是了。"

"不，拉拉，是你不想做他的女儿。妈妈死了，你丢下他一个人。"

"一个人？妈妈死了不到一年半，你说是我们父亲的那个男人就又结了婚。而且还是妈妈的朋友。是他抛弃了我们！但你总是维护他，支持他……你甚至还去了婚宴现场！你怎么能这样？怎么能原谅他？！"

"我不需要原谅他，我是体谅他。他四十五岁成了单身汉，还拖着两个十三岁的孩子……他放弃工作跟前途，在医院陪了妈妈好几个月……为什么你就不能设身处地地替他想想？"

"因为他没有为我着想过。"拉拉一拳头打在床罩上。

"有时候你太自私了！"丽莎对她说。

"自私？谁给了你工作？谁帮你买了你住的房子？谁带你来这儿度假的？"拉拉愤怒了。

丽莎在心中疯狂地号哭，强忍着不喊出来，她转过身，背对妹妹，径直走出了房间。

"你要去哪儿？丽莎！回来！"拉拉呼唤她。

但丽莎已经出了房门，往楼梯走去。外面，夜幕在等候她，星星的泪光一闪一闪。

"告别仪式很好。"奥利维亚评论道，同时把角豆果放在水里煮开。

"嗯，非常感人。"坐在她旁边的伊娃 / 维珍表示赞同。

"终于结束了！"

"不敢想象乔纳斯现在的心情。"

"我也是。很美丽的打击，是吧？"

"明天我们会知道更多细节。"

"这种事会改变你一辈子。"

"是啊……父母那辈人的事，谁知道还有多少是我们不知道的。在英国，婚内出生的孩子，超过百分之二十是女性出轨生的。"

"这么多？！"

"你在做什么？"

"角豆果面粉，做我发明的新式甜点。"

"你从来都停不下来。"

"你也是。我们都知道你的身份不是你说的那样。你是娱乐记者，对吧？"

"你是爱管闲事的厨子。"

"这里爱管闲事的我只看见了一个，反正不是我。"

"我不想争论，也不想辩白。而且绝对不会跟你。"

"但是你欺骗了所有人，应该向我们道歉。"

"醒醒吧，所有人都撒谎。"

"我没有，达娜没有，乔纳斯没有……"

"我们每个人都有一个小盒子，里面藏着不想分享的秘密。有时候是空的，但你相信我，我们最后总会放点儿什么东西进去。"

"我觉得这不是你欺骗大家的好借口。"

"那我们应该给你颁个奖。现在别烦我。"维珍最后说道，她站了起来。

"滚！"

"你不说我也会走。"

"滚！"奥利维亚又说了一遍，她很愤怒。角豆果就像她们的对话，已经煮硬了。她必须找个办法补救，否则角豆果就得扔掉，面粉做不成，什么甜点也做不了。

二十八

那天早上，美人鱼旅馆苏醒时，百感交集。前一天夜里，它的住客在失眠与回忆、悔恨与烦恼、美梦与噩梦中度过。

本杰明还是孩子，断断续续地睡了一晚，达娜经过一天的折腾，倒头就睡，除了他们两个，其他人都与自己眼前和内心的黑暗斗了一宿。

拉拉在床上辗转反侧。姐姐丽莎不在房间，拉拉心里很矛盾，既强忍着不去找她，不报警，又不管她在哪里，都惦记她。

八点整，她下楼吃早饭，但不是因为饿，而是想找杯水，冷的热的都行，缓解积攒在体内的焦虑，但两杯咖啡帮不了她。杯子不够大，无法平息正在她体内流窜的恨意。

即便二十分钟过后，姐姐现身了，她仍然没能平静下来。姐妹俩面对面坐着，一句话也不说，中间摆了一盘达娜做的杏仁胡萝卜蛋糕。

丽莎想要拉拉道歉，而拉拉不想道歉，拉拉想知道丽莎昨晚去了哪儿，而丽莎不想说。蛋糕白白成了柔软的战场。

奥利维亚疯狂补觉，直到公鸡打鸣。她原本想给粗鲁的维珍一记耳光，但她知道自己不会那样做。即便是发现巴勃罗背叛了自己，她也没有那样做。奶奶教导过她，双手是用来创造爱的，而不是战争。她以前从未违背奶奶的教导，现在也不会。但她还是要发泄体内燃烧的怒气。就这样，天一亮她就起床，去了荒凉的海滩。

在这里，海浪富有节奏的拍击声让她备受鼓舞，她做了从前不敢做的事：声嘶力竭地号叫，咒骂巴勃罗和那些用虚伪的谎言掩盖事实真相的人。

怒气化为力量，推动她游往大海深处。等到怒气消完，她潜到死神那里。因为重生，需要先死去。这就是她想要的，更坚强、更自信地回到巴塞罗那，掌控之前没有掌控的一切。

昨天夜里，伊娃睁大双眼面对黑暗。后来她开始画画，记下等待乔纳斯回来那天的重要事情，但她应该不知不觉就睡着了，一只手拿着手机，另一只手拿着铅笔，因为闹钟响的时候，她还什么都没画完。

但她做了一些梦，主角是同一个人——那个戴着黄色圆点花发卡的女孩。那个女孩，儿时的伊娃回来见她，一会儿背着红挎包，一会儿穿着那双天蓝色的鞋子，一会儿怀里抱着灰色的小猫，辫子上横支出一绺乱发。

伊娃本来想拥抱她，告诉她很多东西。更想守护她，因为长大后，处境会变得艰难。她的恐惧变了，但那个恐惧没有变；愿望变了，但那个愿望没有变；铅笔变了，但那支铅笔没有变。最后，快乐变了，但体会快乐的方式也变了。她带着半颗心往前走，害怕将它消磨殆尽。她的心，付出过、破裂过、出卖过、赠予过、挥霍过，后来她一直守护着一小块儿，期盼有一天还能派上用场。

她拿起美人鱼给的"休憩法宝"里的笔记本，灵光一现，写了好几行字，这么久以来，第一次不是写八卦新闻。

亲爱的小伊娃，这是我从未来写给你的。三十年后，我在地中海的一个岛上，你出现在我的梦里，提醒我和你我们曾经是谁。在那一天到来前，我想告诉你一些未来发生的事，希望你面对这些事情的时候，准备得比我好。

她继续写，把时间、饥饿、调查抛之脑后。这期间，她把曼荼罗·辛歌放在一旁，完全忘记了维珍。她只是伊娃。

乔纳斯占据了另一半床，像一座凭空而起的山丘。塔玛拉翻身到另一侧，碰到他温暖、一动不动的身体，打量着男人身上的肌肉。

她知道他们是怎么一起分享这张床的，但不知道醒后要怎么分开。也许会很尴尬，也许最好的情况是找个机智、圆滑的借口。

昨天晚上，乔纳斯和塔玛拉在他母亲原来住的房子里，跟萝丝和安东见了一面，也就是乔纳斯的姨妈和父亲。玛丽·贝丝的父母，也就是乔纳斯的外公外婆，十几年前去世了，留下这栋房子给萝丝，她希望有一天能在这里等到姐姐从澳大利亚回来。现在却用丰盛的晚餐招待姐姐的儿子，告诉他很多故事和秘密。

乔纳斯边吃饭，边听姨妈讲故事，他的反应好像自己在电影拍摄现场见证了自己的过去，而他的过去有无数种可能，这是最令人难以置信又最真实的一种。因为那就是事实。

他知道父亲比母亲大十岁，父亲结婚五年后，两人暗地里相爱了一年多，"这是我这辈子唯一有意义的事。"父亲感叹。

他本来想离开原配妻子，但当时在岛上，离婚简直是天方夜谭，二十一世纪离婚才进入法典。他令原配遭人唾骂，身陷流言蜚语之中，而她只能默默承受孤独，但其实这些都不是她的责任。与此同时，玛丽·贝丝会成为他不合法的伴侣，永远背上不知羞耻破坏别人家庭的罪名。那不是真正的她，但由于对安东的爱，她会变成那样。

不知不觉，玛丽·贝丝也有了自己的考虑，她离开了。她让唯一知道自己怀孕的妹妹保证，无论如何也不会向任何人透露半点风声，后来，她让所有人都相信，自己爱上了一位帅气的英国海军中尉，打算跟他在澳大利亚结婚，过上幸福美满的生活，做一个母亲。也许有些夜晚，她也强迫自己相信是这样的。然而她离开，是因为她怀了安东的孩子，因为在那里，两个人深深相爱的岛上，她无法养育孩子。至少不能跟安东一起。

"妈妈太可怜了。"乔纳斯叹气说，他耸着肩膀，在塔玛拉的眼中寻求安慰，"她守护着她的秘密，一个人过了一辈子。"

"她当时要是跟我说有了孩子……我们的孩子，一切就不会是今天这个样子了。"安东痛心地说。

"你知道多久了？"乔纳斯问。

"你妈妈死的时候知道的。当时萝丝才把一切都告诉我。"

"萝丝，你呢？家里只有你知道吗？"

萝丝痛苦地点点头，给大家又倒了一杯蕾拉，一种草药酒。

"我当时只是个小孩儿，帮不了她，也给不了建议。我时常想，假如她留在岛上，假如我把真相告诉大家，她会怎么样？又假如我是她，我是不是也会那样做？"

"姨妈，你别折磨自己了。你兑现了你的承诺，已经尽力了。她跟我回来了，现在她就在这里。"乔纳斯安慰道，紧紧抱住姨妈。

两个小时后，塔玛拉和乔纳斯上车回了旅馆。

他们一起上了楼顶。一起躺在椅子上看星星。一起激吻，兴奋，渴望。一起做爱，或者享受如同性爱的乐趣。一起睡去。现在一起醒来。

二十九

　　达娜收拾好盘子、杯子和餐具，她非常开心。

　　她看看食谱，核对一下冰箱里的东西。甜点要准备什么呢？桃子和苦味杏仁酒做的什锦也许可以凑合。除非……冰箱里的那个小盒子装的什么？达娜揭掉保鲜膜，瞟了两眼，一股浓郁的甜点味扑面而来。

　　"是我的角豆果芝士蛋糕。"奥利维亚告诉达娜。她走进厨房，当着自己新作品的面，吓了达娜一跳，"本来打算做布丁，但是搞砸了，角豆果煮太过了。都怪维珍。"

　　"维珍下厨？"

　　"不是，是我，她坐在我旁边……我们聊了一会儿。"

　　"聊角豆果要煮多熟？"

　　"聊她撒的谎，她的调查。你不觉得她不是搞公关的，而是记者吗？"

　　"有可能。"

"这事儿你不生气？"

"大家离开这里的时候，总会跟来的时候不一样。"

奥利维亚狐疑地看着她。

"我的意思是，"达娜解释道，"我们每个人都要对自己负责，自己的改变是自己做出的。"

"这是在委婉地建议我不要多管闲事吗？"

"是想告诉你，真相有很多面，谎言只是其中之一，但它并不是最虚假的那一面。"

"我好像没听懂。"

"别担心，你会明白的。接着聊甜点，怎么样？今天晚上拿来吃掉？"

"大家好。"拉拉向大家打招呼，她穿了一件白色的紧身开领衫，"你们有没有遇到我姐姐？吃完早饭我就没看到她了，手机也打不通。"

"没有，但是我觉得不用担心。"达娜安慰说，"小岛很快就会把她还给我们。"

"今天吃什么？"拉拉好奇地问。

"红薯馅饼、凉汤……"

电话突然响起，打断了达娜。

"美人鱼旅馆，我是达娜。啊，威尔，你好。对……没有，还没有。可以。谢谢通知我。过节？当然。你也去？那到时候见。"墙上挂着老旧的电话，她把听筒放好。

"拉拉，有给你的消息。"

"给我的？是丽莎吗？"

"不是，也是。是威尔……"

"威尔？威尔是谁？"

"那个服务生，船长，他让我……"

"哪个船长啊？他说了什么？"

"他让我告诉你，你姐……"

"丽莎怎么了？她在哪儿？"拉拉担心地问。

"丽莎要留在港口那家餐厅吃饭，手机没电了。他让我跟你说一声。"

"哦，谢谢。"她松了口气，"好吧。那就是她没什么事喽！她为什么不回来？为什么不跟我在这儿吃？"

"这个我不知道，但是我知道现在得把馅饼从烤箱里拿出来了。"

与此同时，塔玛拉在楼上梳好头发，戴上金色的发卡，穿上与眼睛颜色相配的蓝花白礼服，她只在重要场合穿这件礼服。今天晚上，她会再陪乔纳斯去一趟萝丝家，两位舅舅，也就是他母亲的两个兄弟，还有几个表兄也会来。而明天，乔纳斯还会再跟他父亲见面，两个男人外观没有任何相似之处，但流淌着相同的血液。玛丽·贝丝将这血液永远注入在了他们体内。

"你太漂亮了。"乔纳斯在门口轻轻对她说，走近一把搂住她的腰。

"你只是被小岛的魅力迷惑了，看什么都比原来更漂亮。"

"那我就搬来这里住。"

"只要你住得下去。"塔玛拉挑逗他，到厨房去找达娜。

"达娜，我们要出去了。"她对同伴说。

"塔玛……"达娜拉住她，"你确定？"她问，目光扫到刚出大门的那个男人。

"我很高兴帮他。"

"我担心的不是这个。"

"我知道。你过来。"她说着，抱住达娜，"明天我就回归从前那个塔玛拉。我保证。"

"你想怎么样都行。那晚上好好玩儿。"

"你们也是。通知大家明天早上在我的画室集合，一起准备灯笼。还有两天过节。"

"……是该行乐了。"

"是庆祝。晚些见。"

塔玛拉很少出门。她出去的时候，达娜觉得自己暴露无遗，很容易受伤。围在她身边的，是塔玛拉筑成的墙，是塔玛拉张开的双手、敞开的胸怀、有力的双腿；笼罩她的，是塔玛拉的思绪和心情。是塔玛拉。达娜和本杰明都无法失去她太久。

桌上有个空番茄酱玻璃罐，达娜把蜡烛放在里面。他们要在屋里吃晚饭，外面刮着阵阵西北风，有些冷，有些冷清。

"大家晚上好。"伊娃／维珍现身了，她跟大家打招呼，环视四周后说，"我终于提前到了一次。"她的头发是卷的，脸色有些憔悴，没为吃晚饭时该穿什么而烦恼。她上身是一件开领汗衫，下身还是平常的牛仔短裤，脚上穿了一双荧光拖鞋。

"我们到齐啦。"奥利维亚提醒她。

"不差人吗？"

"维珍，来得正好。"达娜欢迎她，端上前菜，"其他人在外面吃。"

"啊……乔纳斯也是吗？"

"他跟塔玛拉在一起。"奥利维亚说得更仔细。

"我姐姐在餐厅。"拉拉补充说，她神情有些困惑，手指捻着金色的发梢。

维珍坐在她往常坐的位置，旁边是饥肠辘辘的本杰明。

"你不饿吗？"小孩问她。

"非常饿。你呢？"

"比你饿十倍。"

"那我要小心点儿了，别把我也吃了。"她笑道。

"我只吃你盘子里的菜。"本杰明回答说，比了比两个盘子。

"本杰明，是一样的。"母亲告诫他，"这儿还有呢！你晚上又不会饿死。"

"妈妈，明天过节吗？"

"不过。本杰明，明天星期五，灯笼节是星期六。"

"真烦！还要等一天。"

"我等不及想去看看啦。"拉拉说，"我在 Instagram 上看到过几张很漂亮的照片。"

"对，场面很漂亮。"达娜说，"对了，塔玛拉叫我告诉大家，明天早上，她会在画室等你们一起做灯笼。"

"灯笼我们做呀？"奥利维亚很惊讶。

"不难，我知道怎么做。"本杰明吹嘘说。

"所以你会帮我们喽？"达娜取笑他。

"欸，对。我和玛拉妈！"

"需要的材料都有，亲手把这些东西拼在一起很有趣，有点像一种仪式……"

"美人鱼另一种奇怪的仪式？"维珍取笑她。

"这次是岛上的。"达娜澄清说，没有理会维珍的挑衅，"灯笼象征着我们的灵魂。它会帮助我们实现一个愿望，也会带走我们的痛苦……"

"我打赌，奇迹也会出现。"维珍抢着说，毫不掩饰她的无礼。

"奇迹一直都有。"

"很明显，是我们太笨才看不见。"

"我们只能看见我们相信的。"

"算啦，反正你说服不了我。"

"为什么我要说服你？相不相信是你的事，好比你的奇迹属于你。人人都有属于自己的奇迹。"

"你真的相信你说的那些？"

"不是我说的那些，是我知道的那些。"

"可那些都是胡说八道！你那些卡牌、舞蹈、静坐，全都是。"维珍非常生气。

其他人一声不吭，陷入令人窒息的沉默。

达娜收拾桌子，将盘子叠在一起，准备拿到厨房。"还有人要来点蛋糕吗？不然我就上汤了。"她大声地说，全然不理会维珍的话。

"妈妈，我！我可以再要点儿吗？"本杰明忽然跳起来。

"宝贝儿，来，给你。坐下。你们要汤吗？"

"要，谢谢。"奥利维亚答道，起身帮助达娜。

"我也要。"拉拉跟着说。

而维珍准备离开。

"我不饿了。晚安。"说着，她往楼梯走去。她一步跨两个台阶，将其他热情的人、喷香的食物和眼睛睁得大大的本杰明抛在身后。将一个世界抛在身后，将自己锁进另一个 —— 她的世界。

三十

塔玛拉把车停在旅馆背后的空地，乔纳斯则摇上车窗。

"天空好像把整个月亮给吞了。"他说。

"每个月都这样，天空很贪吃。"

"好吧，我可忘不了这个月。"

"我觉得也是，最近几天惊喜太多了！"

"以前以为自己是孤儿，现在找到了一个家。不，不止一个。这是母亲给我的最后一份礼物。"

"你错了，这才刚刚开始，她还有很多礼物给你。你看不见她，不能拥抱她，不代表她没有陪着你，不会影响你的生活。"

"对你来说也是这样吗？曼荼罗。"

塔玛拉顿时屏住了呼吸。她的下巴垂向胸口，点头道是。"没有人会真正地离开。"她承认道。

"希望你也不会。"乔纳斯说，温柔地抚摩她的脸颊。

"我就像大海，什么地方都不会去。每天我都执着地亲吻同一片沙滩，从前是，以后也是。"

"天空也什么地方都不会去。"

"因为到处都看得见呀！"

"今天晚上我也能扮成海吗？"

塔玛拉疑惑地看着他。

"我可以亲吻这片沙滩吗？"乔纳斯继续说。

"但过后你就要像海浪一样退去。"

"然后再回来，再亲吻，永不停歇。"他继续说，亲吻着塔玛拉的双唇。

"来呀，跟上我。"塔玛拉挑逗他，拉着他的手，往家的方向走去。

"喂，你可是沙滩，不能动的！"乔纳斯开玩笑说，一边跟着她。

"你不也一样吗？大海。你要继续渴求我。"

"正有此意。"他说。

在旅馆青绿色的大门前，塔玛拉忽然吻上了乔纳斯的嘴唇。

伊娃无法入睡，又产生了那种烦人的恶心感。同时，肚子也饿了。她几乎没吃晚饭，肚子似乎受不了这突如其来的饥饿。

她喝完瓶子里的最后一口水，在房间里焦急地转来转去。

最后，她决定去厨房找一点饼干，顺便看看有没有药汤。

屋里非常安静，她慢慢地走在楼梯上，注意不发出声响。她知道达娜在厨房隔壁的房间睡觉，不想吵醒她，不想将她从没有厨房的梦乡惊醒。

走到楼梯平台的时候，她感应到了他们——乔纳斯和塔玛拉，她目睹他们靠在大门边，旁若无人地紧紧地抱在一起。

她马上转身，往楼上走去。也许要明天才能满足她的肚子了。她的心跟塔玛拉的心不一样，装不下那些总想飞的蝴蝶，只会因为她连名字和味道都记不住的食物而感受到胃疼。

回到房间，她继续给儿时的伊娃写信，告诉她：有时候吻有多么伤人，直至让心滴血；但有时吻又能让人尝到生活的甜头，直至让人快乐；没人会铭记初吻，这是事实，但最后一吻同样也没人记得。

丽莎的手在帆布包里，拿着旅馆房间的钥匙圈，转来转去，上面的木美人鱼吊坠儿也跟着打转。威尔陪她回到旅馆，现在她什么也做不了，只能下车，走在两旁长满沉睡的仙人掌的小路上，最后与他作别，消失在湛蓝色的大门后。

然而，她有些犹豫，仿佛初次约会的少女，继续漫不经心地玩钥匙圈。

"谢谢。"她说，"谢谢招待晚餐和……送我回来。"

"我们星期六灯笼节见。"

"你要用灯笼许什么愿望吗？"

"我的愿望一直没有变，数不清的……欧元。"威尔笑道，额头的疤痕清晰可见，"开玩笑的。"他又说，"我从来都不看重金钱。给我一张帆，一阵风，让我在大海驰骋，我就是世界上最幸福的人。"

"那你现在就很幸福，什么都有了。"

"但愿望，总要有一个。"

"那你有吗？"

"星期六之前会找一个。你呢？"

"啊，我……我有七个。"丽莎回答，她摸摸手腕上的红手链，"我会从里面选一个最重要的。你觉得……有用吗？我想问一问，你知道岛上真的有人用灯笼实现过梦想吗？"

"我就在你面前呀。"

"是你？你许了什么愿望啊？"

"要一条船！"

"怎么实现的？你怎么变成'美人鱼一号'的船长的？"

"今天晚上没有月亮，故事说起来就太长了。"

"但是等月亮出来，我都已经走了，你永远也没机会告诉我了。"

"看情况吧。"

"看什么情况？"

"看你用灯笼许什么愿。"威尔捉弄她，同时下车为她打开车门，微微鞠了一躬，"疲惫的美人鱼，晚安。"

"我很累，但是没有尾巴。至少现在没有。"丽莎回答道，两只脚踏在地上，"晚安，水手。"她说完，往大门走去。她在黑暗中摸索，终于将钥匙插进了锁孔。

海浪拍打着船身，她的头靠在威尔肩上，谁知道是怎么睡着的。对于那晚发生的事情，她会继续逃避。

达娜竖起耳朵，只听见她儿子均匀的呼吸声。她看了看时钟，已经过了凌晨两点，而她还没睡着。她很少这样，一般来说，她清楚自己失眠的原因，但这次只能靠猜。

住在楼下的她觉得，楼上所有的客人都正在解决各自的问题，这是她和塔玛拉一起努力的结果。

他们进入了行乐的日子，但晚上，神秘的炼丹术士在改变一切，她们身着黑色工服，提炼新的精华、解药，观察新的幻影、异象，发现新的联系，带给人前所未有的疯狂、愿望和希望。除此之外，还让人焦急地等待明天，一个在现实与可能之间摇摆不定的明天。

达娜睡不着。因为晚上有做不完的工作需要她守护，而黎明过后就是白昼。

她下了床，走到阳台，眼前是沉睡的大峡谷。很快一切都会复苏：人类、动物、植物，万物。但那一刻，这里只有他们：凝望天空的她，和她眼中的天空。

这几天是行乐的日子，她随时准备教所有的客人行乐。只要他们有勇气学。

拉拉的姐姐精疲力竭，一进门就倒在床上，没有卸妆，没有洗漱，没有脱衣服。跟往常一样，她肚子朝下，趴在床上，立马就睡着了。

而拉拉很晚才睡，一方面是希望丽莎回来后，看到她还醒着，会找她聊两句，和好如初；另一方面是因为她终于决定列出九十九个愿望。她攒了很多愿望，一下子就填满了笔记本，有些是为一个愿望也没有的人而许的。

　　她的生活不能没有目标，生活本身就是她的目标。她的生活方式很看重健康，有很多规矩，不免要放弃一些东西，当她试图解释原因时，跟她说话的人里总是有人提醒她：不管喝不喝酒，吃不吃肉，吃不吃糖，做不做瑜伽，所有人最后都会死。

　　但她担心的不是死亡。一点也不担心。她并不想活得尽可能久，或者死得尽可能晚，她只想活得更好。

　　母亲去世时，她只是个小孩，白色棉背心下的胸部刚开始发育。母亲的死把她逼到了岔路口：一边，无畏的痛苦只会让人体会到残忍；另一边，残忍的痛苦是有用的。她选择了后者。她一直做有用的事，也许会先苦，但以后一定会甜。比如节食、电疗、去脂、抹脱毛膏。失望是痛苦的，也是必要的；没有失望，梦想也会成空。

　　她翻身到另一侧，盯着面前那堵墙，用手指在空中画出一个小圆圈，不断螺旋扩大，占据整个墙壁。那个小圆圈里蕴藏了她所有的意志力，不放弃的决心。因为放弃，是唯一一种她无法容忍的失望。

三十一

"早上好，欢迎来到我的工作室。"塔玛拉说，她将客人召集在闷热的画室。她已经把工作桌上的木板、钉子、金属片腾到别处，在本杰明的帮助下，把五颜六色的宣纸、画笔、橡皮筋、竹棍、铁丝、胶带、蜡烛有序放好，同时请他们围桌坐下。

"开始做飞灯之前，"她说，"我要告诉大家，灯笼做得漂亮，不会得到什么奖励，所以你们不用担心外观漂不漂亮。重要的是你们做的东西有用，能飞得高，像……"

"像热气球一样高！"本杰明激动地说，手里挥舞着两张红纸。

"……对，小热气球。因为灯笼是上千年前中国人发明的，敌人来袭的时候，他们就把这些明亮的信号放在空中，可不是什么装饰品。"塔玛拉继续说，"你们在挑自己的纸之前，简单想一下颜色有什么意义，我会请你们讲一下。"

"还有，"达娜突然提醒，"要记住，你们不仅是把一个愿望做成形状，而且也在驱赶痛苦。"

伊娃 / 维珍叹叹气，觉得无聊。她来这里不是做灯笼的，而是特别好奇乔纳斯和塔玛拉之间发生了什么。不过说到底，她还是希望用某种办法直接找到曼荼罗。其实，那位明星的悲剧就发生在灯笼节那天晚上，更准确地说是在黄昏前。直升机和海上搜救队冒着生命危险，在黑暗和海浪中一直搜救到第二天天亮，白天仍在继续。

她觉得已经靠近目标了，大概猜到了谁是曼荼罗，现在只需要证实。

"红色，"达娜正在讲解，"代表幸运与激情。绿色带来平衡与理解。橘色象征改变。"

"玫瑰色呢？"拉拉问。

"是对好的感情、爱情、友谊的呼唤。另外，紫色代表对前途的期许；海蓝色是身体和精神的治愈；而白色则带来新奇。"达娜总结道，"啊，我还忘了说，在岛上，灯笼节的起源很神秘，有人赋予它宗教意义，认为是海上宗教游行在现代的一种复兴，因为过几天就要庆祝圣母升天节了。还有人认为灯笼节起源于一个印度家庭，那家人到岛上的时候，这里还是英国的殖民地。我们可以开始了吗？"

塔玛拉很耐心，一步一步地向大家展示怎么做好灯笼。

"本杰明，剪刀。"她终于动手了，用两根铁丝做了两个不一样大的铁圈，"竹子。"她对小助手说，本杰明站一旁，随时准备递上四根竹棍和一瓶胶水。

"该你们了。"她最后说，"但我还是留在这里听候差遣。

丽莎？"

"我没弄懂怎么固定竹子……"

"好，我们一起来。"

乔纳斯看得目瞪口呆。那天是米娅的忌日，本应该是塔玛拉最黑暗的一天，但她的心情却前所未有地晴朗。跟乔纳斯在一起，她沉浸在一股少有的甜蜜中，这与他们互相带给对方的情欲没有什么关系。

塔玛拉十分清楚爱与性的界限，享受二者时，她从来不会混淆。因此，乔纳斯任由自己坠入爱河，把她也拉进河里。跟塔玛拉在一起时，乔纳斯清楚地知道自己在哪条跑道，会精确估测降落距离。尤其是，对于双方来说，安全跑道总是空着的。

在画室的另一头，乔纳斯盯着塔玛拉，伊娃 / 维珍盯着乔纳斯。完美的三角关系。

她吃醋了吗？没有。确切地说是失望。她不相信，在场这么多年轻目标，只有塔玛拉年逾四十，帅气的飞行员会拜倒在她的石榴裙下。的确，塔玛拉是个迷人的女人，但这也无法提升她的颜值。她很聪明，爱好艺术，创作"雕画"。可还有什么值得爱的？没有拉拉的完美身材，没有奥利维亚的性感，没有达娜的异域风情，没有丽莎的柔美、恬静。就连脑子也没有自己（伊娃）转得快。然而，乔纳斯就是看上了在这岛上画美人鱼、做纸灯笼、把这里当成家的塔玛拉。

她将目光转向其他专注于裁剪、粘贴、拼装的同伴。她马上也会跟着一起做。她开始选自己的纸，先从纸堆里拿了一张白色的，但从手里滑落了，掉到一幅"雕画"旁边。弯下腰时，她注意到画上塔玛拉的签名：三个金色的十字架，一个 M，一个 B。

背后突然袭来一阵凉意，把她拉到一个似乎去过的地方，那里烟雾缭绕，喧哗吵闹，挤满了人。她很熟悉那幅画和上面的签名，画的边缘有一条褐色的墨水线，签名也是用褐色的墨水写的，M 柔和、丰满，特别……忽然，她觉得疲软无力，晕头转向。

"还好吗？"达娜弯着腰问她。

"嗯，感觉还好。头晕太烦了，我可能有点低血压。"伊娃说。

"要帮忙吗？"

"谢谢，已经好多了。我刚才在……在看塔玛拉的签名……MB？"

"啊，那个呀。"达娜笑道，"意思是'My Best'，我的最好。是她的标记。"

达娜挽着伊娃，开始走动。

"要不要给你叫医生？"

"不用。我一会儿去药店量量血压吧。"

"我给你做杯多维生素果汁吧。灯笼就先别管了，晚点儿你再装好。"

"真的好多了。不过我还是很乐意喝杯果汁的，我先忙完这里。还有……昨天晚上真的很对不起。"

"我在厨房等你。"达娜笑着回道。

丽莎的手不巧，她尽量把灯笼做得细密，费了好大力气才把竹棍固定在宣纸上。她挑了代表感情的玫瑰色的纸，有两个原因：一是希望遇到新欢，有美满的爱情；二是希望斩断没有让她和罗贝尔托步入婚姻殿堂的旧情。

她用剪刀剪下一些小碎纸，不管怎么说，她是打算剪成心形。

大功告成，她很满意自己的成果。

她心想，威尔的灯笼会是什么颜色，可能像大海一样蓝。挂在一只风帆上。

她用目光搜寻着妹妹。她们两天没怎么说话了。是她开始冷战的，但现在不知该如何收手。她怀念跟妹妹聊天，怀念她批评、嘱咐自己，甚至怀念她不断撩头发的动作。

与此同时，拉拉的灯笼已经做好了，紫色的，又窄又长，她跟奥利维亚的比了比，橘色的，又短又圆，像个南瓜。丽莎深信，这位西班牙厨师什么都可以拿来做菜，连纸都行，尤其是，奥利维亚能做到自己现在做不到的事 —— 跟妹妹聊天。丽莎看着她们，举止亲密，有说有笑，而她在一旁听着。拉拉旁边的位置是她的，从前一直都是，现在不是了。她想要回来。

三十二

沙滩是一块欢乐的营地，到处都是毛毯、帐篷、烧烤架。所有庆祝节日的人都依传统穿着白色的衣服，围着饮料亭和乐队演唱的舞台。

离日落还有一个钟头，金色的霞光洒满大地，随后再让它睡去。

奥利维亚第一个跳下车，享受眼前的盛景。

她打开车门，车门发出一道金属碰撞声，她惊呼起来："哇！"

"哇！"拉拉走到她身旁，跟着惊呼。

丽莎、乔纳斯、维珍、本杰明、西晴和洛奇跟在她们身后。大家都不作声，凝视眼前包罗万象的欢乐场面：人类、喜悦、生活、大自然。

与此同时，达娜和塔玛拉开始卸下晚上需要的东西和食物。要不了几个钟头，广阔的天空就会星罗棋布，成为放飞点燃梦想的完美夜空。

一行人提着篮子、灯笼、毯子和温热的提包，穿过盐碱地的葡萄园，走在两旁长着非洲柽柳的路上，往沙滩、大海、天空织成的布匹走去。这匹三色布仿佛一面飘扬在远处的旗帜。

托尼的啤酒亭背后有一片稍稍凸起的沙地，他在那里为大家占了一块向海的空地，地上摆着席子、靠垫和成箱的冰啤酒，一行人在这里歇了下来。

奥利维亚记不起上次这么幸福、无忧无虑是什么时候了。达娜说得对，前几天是行乐的日子，现在是庆祝的时候了。九天前她来到旅馆时，挑了二号房的美人鱼。房间门口的地板上放了一张擦鞋垫，她发现上面写着"感谢把你带来这里的人"。她当时觉得那句话指的是背叛她、抛弃她的巴勃罗，他让自己不得不离开餐厅，到一个特别的"疗伤旅馆"寻找力量和办法。但现在，她明白谁是唯一她应该感谢的人——自己。她艰难地来到岛上的美人鱼旅馆，她受痛苦折磨，流尽了所有的眼泪，她治愈了自己的伤疤，她找到了勇气为现在和今后的自己庆祝。那天晚上，她应该庆祝。

拉拉放松下来，不远处木头搭的舞台放起音乐，她开始伴着乐声跳舞。每跳一步，脚链的铃铛就叮叮地响，她加重脚步，想听得更清楚。她觉得今天是今年的最后一天，而不是八月九日。去年十二月三十一日她是怎么过的？丽莎跟罗贝尔托去巴黎庆祝了。她没计划出去旅行。况且，十二月末是人流量最大的时段，她离不开。三十一日那天早上，她独自醒来，对晚上没有任何期待，在网上逛了一会儿，看有没有什么启发，她考虑过看歌剧、电影、演唱会和去朋友家吃大餐。后来她去看了母亲，在母亲已躺在那里多年的墓地停留了一会儿，简短讲了讲最近几周发生在自己身上的事情。因为那个十二月不同寻常，那个十二月，她恋爱了。

她第一次准许自己的心屈服。那是甜蜜的一个月，充满诺言、激情和浪漫的约会，每一分钟都长得像一整天，每一天都短得好像只有几分钟。时间、开心、欲望、甜言蜜语，一切都转瞬即逝。冥冥中安排的一切，都是为了让她感受到前所未有的幸福。她很关注身体表达的纯粹的真相，并发现这些真相跟灵魂一样可靠。

面对千变万化的情绪、捉摸不定的思绪和突如其来的恋爱，她还没有准备好。她知道手臂、大腿、脸蛋是拿来干什么的，但面对心跳、感情、冲动、恐惧，还是束手无策。她以为他跟自己是完全一样的人，这种想法和两个人最初的猜疑、误会让她十分痛苦。爱情像一块薄薄的透明玻璃，她错以为是一面镜子，心急地对着它照，她一看到裂缝，就将它摔碎。母亲会理解她的。

她回到家，打开音乐，一直跳舞，直到一月的第一缕晨曦洒在地上。她在孤独中等来了黎明。

就算置身于这场盛大的夏季化装舞会，她也只想跳舞。但希望夜晚结束的时候，不再是孤独一人。

维珍独自坐在一旁。"你是不是聊得太久啦？"乔纳斯开玩笑似的说道，在她旁边坐下。

"飞行员，你终于降落在我这条跑道了！"

"我是从群情激奋的中转站来的，太费力了。"

"那是肯定，非常激奋。"

"哎，发现我父亲不是我父亲……不，是发现我有一个父亲。"

"我说的激奋不是指这个。"

乔纳斯一脸惊异地看着她。

"我看到你们了，你和塔玛拉。"维珍点破。

"什么也瞒不过你。"

"差不多吧。是爱情吗？"

"哪方面都有一点吧。"

"乔纳斯先生，这可是另一个奇迹啊！太棒啦！"

"我跟你说过，只要相信奇迹就可以了。你的调查怎么样了？"

"啊，她就在这里。我肯定。"

乔纳斯咬咬嘴唇，等维珍继续说。

"她离我们要比想象中近。"维珍继续说。

"你怎么找到的？"他警觉起来。

"她会找到我。奇迹不就是这样发生的吗？"她起身，开玩笑似的说，"去海边走两步吧。难不成你的皮带太短，裤子要掉啦？"

乔纳斯被取笑了，一脸惊异地看了看周围。

"那要来杯曼茶罗啤酒保驾护航才行。"他说着径直走向啤酒亭，打算买两瓶啤酒。但维珍要了一瓶矿泉水。

"你不舒服吗？"

"最近几天不舒服。"

"这是我们在这儿的最后几个小时了，坚持一下。"

"对我是最后几个小时，对你……才刚刚开始。"维珍说道，用胳膊肘轻轻撑了一下乔纳斯的腹部。

"好吧，说起来，我在这儿还有个家，不，两个，一个我母亲的，一个我父亲的。"

"也许是三个……开玩笑啦，替你高兴。这次旅行彻底改变了你的生活。往好的方向。"

"你也一样。"

"除非找到曼荼罗。"

"也许不找到才更好。"

圣母马利亚的雕像守护着沙滩，眺望着远处的海平面。他们在雕像旁停下脚步。

"干杯！"乔纳斯提议。

"为了什么？"

"为我们，为那些永远在寻找的人。"

"还有他们找到的人。"

"很开心遇到你。祝愿你的生活越来越好，实现愿望，成为妈妈。"

"那我得相信奇迹了。"维珍回答，她站在水里，在脚踝边搅起旋涡。"我们游泳吧？"

丽莎在人群中转来转去，希望碰上威尔。

她喜欢八月的奇遇和整个海滩弥漫的轻松气氛。每一分钟，天空都变得越发橘黄，霞光射在水里，洒在沙滩上，照在游客脸上，映在游客眼中，烘热人的身体。

那是一个节日，所有人都在庆祝，包括她。她照达娜建议的做，在沙滩追赶海浪，七次跨过海浪，感谢大海。她抬头看看，风筝静静地飞在空中，烧烤散发出的烟雾和着笑声、歌声、闲聊声渐渐飘散。

上一次吃抗抑郁药是什么时候？她不记得了。不吃药后很长一段时间她都过得很好，准确地说，从那个星期天到现在已经二百五十天了。那是十月的一个星期天，罗贝尔托的父母邀请他们去吃午饭。他母亲做了拿手的千层面，父亲拿出了珍藏的莫雷利诺，她给他们讲了婚礼的细节：宾客、桌子、婚戒、证婚人和给宾客的回礼。

丽莎和罗贝尔托相对而坐。她一直讲个不停，而罗贝尔托埋头吃自己那份午餐，丝毫没有察觉到一切都快结束了。

罗贝尔托的嘴正嚼着面，丽莎看着他，忽然感到前所未有地恐惧，这是四年恋爱里头一次。短短的一瞬间，她意识到那正在嚼面粉和肉酱的嘴将会伴随她一生，还有那嘴唇，那脸颊，那鼻子，那眼睛，那脸庞，那独特的皱纹。她真的看清楚那张嘴了吗？她真的想在无数人中选中他吗？或者无论付出任何代价，也要得到他吗？她到底答应了什么？是他，还是在叫作婚姻的关系中跟他在一起？

致命的问题来得太突然，想到请帖已经印好，想到衣服已经做好，想到未来已经安排好，她就心烦意乱。只有傻瓜才会走到这一步，想象自己转身，甩掉高跟鞋，离开。

然而她已经想了。不仅想了，跟罗贝尔托的父母吃完饭后第六十五天十三个小时，她还那样做了。她对罗贝尔托说了再见，对祭台说了再见，对雪白的丝质婚纱说了再见，对那天有九道菜的婚宴说了再见，对澳大利亚的蜜月说了再见，对芬芳四溢的白玫瑰说了再见，对那张她永远也不会挂上的全家福说了再见。

罗贝尔托瞠目结舌，他忍了，但脑子十分清醒，他提出一个条件：他们必须统一口径，是他甩了她，而不是她甩了他。

"我是个男人。"他对她说，"这是面子问题。"

她马上就答应了。这次是永远。

三十三

星星化作钉子将漆黑的夜幕固定在天空上。月亮不会现身，取而代之的是一盏盏明亮的灯笼。与此同时，地上闪着点点光亮：烧烤的焰火、电灯射出的光线、手机发出的荧光。一堆堆篝火点缀着沙滩，仿佛杏仁蛋糕上的蜡烛。

这片熙熙攘攘的海滩既熟悉又陌生，它是永恒的，但又不是。

达娜一只手挽着塔玛拉的肩，塔玛拉却扭着身子，有些抗拒。

她们不需要说话，两颗心交流就让一切明了。虽然是过节，但要度过这个夜晚，从来都不容易。抗争和伤害自己是白费力气。

她们只能做好准备，用唯一的武器——对生活和对自己的爱，迎接这个夜晚。生活就在她们眼前，是记录永远不变的沙滩的一张张画面，却包含了千万人的眼神、情感和故事。

塔玛拉的故事是那些故事中的一个，也许是最悲伤的，也许只是大海聆听的故事之一，听完后就将它抹除，为其他故事腾位置。

那条渴求海盐的沙滩，见证了无数的疑问、祷告、亲吻和手挽手的恋人，还有眼泪、希望和咒骂。

在海浪面前，没人会说谎，活着就足够了。塔玛拉学到的，就是经历过悔恨、痛苦、死亡，也要继续活下去。

塔玛拉喝了一口红酒，脸上带着微笑，对正看着她的乔纳斯使使眼色。她跟本杰明、西晴和洛奇玩儿，与托尼拥抱，回答奥利维亚的问题，对所有跟她寒暄的路人道谢。总之，她活了下来。

"玛拉妈，我们什么时候放灯笼？"本杰明急切地问她。

"等乐队唱岛歌。"

"什么时候呢？"

"我也不知道。再过半个小时吧。"

"我可以去舞台问那些歌手吗？"

"这里太乱了，乱跑的话，你可能会错过。"

"玛拉妈，不会的。我们在托尼的啤酒亭这里嘛！"

"你问妈妈同不同意？"塔玛拉回答他。

"你不能帮她同意吗？"小孩噘着嘴叹气道。

"不行，本杰明。你知道规则，要同意找妈妈，要帮忙找玛拉妈。"

"可是我是在请你帮忙呀！"

塔玛拉笑着摇了摇头。"你知道我指的不是这个。快，去问妈妈。她在那边跟奥利维亚说话，看见了吗？"

"再喝一口？"乔纳斯终于来到她身旁坐下，一只手放在她的膝盖上，"勇敢的美人鱼，我倾慕你。"他细声说道。

"唉，我哪里勇敢，只是疲惫。"

"希望不是因为我。"

"目前还不是。"

"你想聊聊那件事情吗？"

"为什么？"

"因为有用！"

"对你有用，还是对我？"

"我相信对我们两个都有用。"乔纳斯握住她的手叹息道。

"你想知道什么？"

"你愿意让我知道的，关于你和……她。"

"米娅……"

"……她就在这里。你已经告诉我了，我们心灵相通。真的，你知道吗？我跟我母亲也从来没有像现在我跟你这么亲近过。"

"所以我才在这里！"

"今天晚上吗？"

"上天赐予的每一天我都来。只有在这里，我和她才能永远在一起。"

"这是吞噬你女儿的地方！你应该恨这里。"

"这片沙滩是她最后快乐的地方，我和她待在一起的地方。恨？永远不可能！这是留给我纪念的地方！"

乔纳斯妥协了，似乎整张脸结结实实地挨了一巴掌。

"我……我之前没有明白……我……不……上帝啊！"

"关上帝什么事，这里只有人。我们留下的只有回忆。回忆！

这片潮湿的沙滩介于大海与陆地之间，它是我的相册，我最美好的回忆都在这里。你是不是觉得我永远无法释怀？你，你也永远不会离开这座岛，不管在哪里，都会铭记在心中，不是因为你在这里找到了父亲、姨妈、舅舅，可能还有一个你爱的女人，而是因为你将你母亲留在了这里。"

乔纳斯抱住她发丝凌乱的脑袋。

"塔玛拉，我……"

"你知道吗？以前我觉得坟墓象征死亡。其实不是，坟墓是生活的最后一面。"

"痛苦……"

"……痛苦是无休无止的，你别抱什么幻想。不承受痛苦，什么都不会改变，它只会教会我们一件事，那就是改变。越让你撕心裂肺的痛，就越能改变你。"

"要不停地受伤吗？"

"是的，除非你已经完全改变了。"

"你怎么会接受这种想法？"

"我没有接受任何东西。我做的恰恰相反：我让它肆意……"

乔纳斯沉默了，觉得难以置信。塔玛拉颠覆了他的人生信条、生活意义，以及自从他来到这个世界就接受的一切，就是需要咬紧牙关，忍住痛苦，坚毅奋斗的一切。然而他别无选择，只能屈服。

"托尼！"伊娃叫柜台后面那个男人，"我是维珍。"她提醒道。

"我知道你是谁。"

"节日好热闹。"

"一年比一年热闹。"

"今天晚上你肯定生意兴隆。"

"啊，那是啤酒的功劳。你要什么？曼荼罗？"

"我还没遇到呢。"

"我是说，你来杯曼荼罗啤酒吗？"

伊娃咬唇轻笑："嗯，当然。不，算了，给我另一种。你推荐什么？"

"丝绒沙还是蓝色黑夜呢？"

"第二种。"

"你还没找到她吗？"

"没有……但是我知道她今天晚上就在这里……"

"怎么这么说？"

"这是我的天赋。"

"碰到麻烦事讲不清楚，就说它是天赋。"

"所以我说了一件麻烦事吗？"

托尼摊摊手。他又说："问你的天赋吧。今天晚上你很不一样。"

"什么意思？"

"跟上次你来酒吧问事情的时候比，现在你的眼神里多了一种当时没有的东西。"

"是什么东西？"

"一种……更好的东西。"

"比什么更好？"

"比……好更好！**你的最好！**"

两个人大笑起来。托尼继续说："我应该给我的啤酒这么起名：**我的最好**。"

伊娃脑海中响起一阵刺耳的钟声。

"你这可不是原创。岛上已经有一个'我的最好'了。塔玛拉的画不就是这样署名的吗？"

"对啊！我可以请她允许我用她的名字。"

"她的名字？"

"她叫塔玛拉·贝斯特（Tamara Best），你不知道吗？"

"真的吗？那……"

"失陪一会儿。"托尼说，"我招待一下那位客人，然后再跟你聊。"

留下伊娃一个人，她手里拿着啤酒，心中的困惑一点一点地噬咬思绪，刺痛中枢神经。她尽力回忆塔玛拉"雕画"右下角的"M"，柔和、轻盈，字形很长，油墨写的，挨着"Best"的"B"。她在其他什么地方见过那个褐色的 M。但是在哪里？万一 M 也是首写字母呢？会不会是玛利亚、米里亚姆、米兰达、米娅的M……米娅！米娅是……米娅·辛歌，可辛歌是曼荼罗艺名的姓氏……曼荼罗！哦，我的上帝，M 是……曼荼罗！

"情谊常在，曼荼罗·辛歌。"这是那位歌手写在自己照片上的祝词，与其他名人的照片一起挂在托尼的酒吧里。伊娃破解了。

血液迅速、猛烈地窜流，画面、关联、感觉、思考汇成一股激流，将她冲倒、吞噬。

在那张照片上签名的女人跟创作"雕画"的女人是同一个人？不，不，不！岛上的塔玛拉不修边幅，毫不起眼，那位性感的流行音乐天后曼荼罗·辛歌沦落成了这般模样？这不可能！此刻，伊娃的内心矛盾交织，既希望这不是真的，又希望是真的，因为她想再说一次，她得到了真相。但这次胜利是苦涩的，深深触动了她的内心，刺痛了她，连她自己也没想到她有**同情心**。

她还未回过神来，在啤酒亭附近转来转去，好像喝了十几杯啤酒一样，而事实上她只喝了一口，异常苦涩。她往旅馆营地的边缘走去。乔纳斯跟塔玛拉待在一个角落，他紧紧握住塔玛拉的手，正跟她说着话。他知道吗？还有谁？毫无疑问，达娜、托尼，整个小岛。那奥利维亚、丽莎、拉拉呢？

伊娃／维珍跟对她下逐客令的那个女人，在同一屋檐下住了十天。那个女人想揭去她的面具。但是她自己先戴起了面具。她不知道自己现在用的是哪张脸。

乐队奏起岛歌的前奏，一首好像大家都会唱的情歌。所有人都跟着和声，汇成一道合唱。很多人打开手机，或者打着打火机，仿佛真的在音乐会现场。这是信号，再过几分钟，大家就会沿着海滨线，将自己的愿望放飞在烟花璀璨的天空之中。

达娜想把大家集合起来，她示意塔玛拉。塔玛拉点点头，看了看周围，一起帮忙清点人数，他们正准备着自己的灯笼。

"本杰明在哪里？"达娜问。

"他跟我说，他要来问你能不能去舞台那边。"

"没有，他没来。"

"肯定跟西晴在这儿附近。"塔玛拉安慰她说。

歌声依旧，感染着所有人。

"还差谁？"达娜问。

"维珍和本杰明，帮我一下，维珍和本杰明都找不到。"她说。

"维珍刚刚还在啤酒亭跟托尼在一起。本杰明……可能跟西晴在舞台那儿吧？"

"看不见他，我有点担心。"达娜又说。

"我去找他。"澳大利亚人自告奋勇，但这时，悠扬悦耳的音乐快结束了，乐队主唱提议大家到岸边开始庆祝节日。

乔纳斯往人群的反方向挤去，但没几步，就被人海淹没，停了下来。

"我们在这儿等他。"塔玛拉对她说，"本杰明会找到我们的。达娜，你要去沙滩找找吗？我们留在这儿，万一他回来了呢。你带手机了吗？"

达娜确认自己带了手机，跟奥利维亚、丽莎、拉拉走向人潮开始涌动的岸边，岸边的人迫不及待地想放飞灯笼。

十分钟左右，人都挤到了沙滩，乔纳斯重新开始寻找，托尼也拿着他的大手电筒加入了搜索。达娜没有打电话，说明她既没找到本杰明，也没找到洛奇和西晴。

塔玛拉看着两个男人在身后远去，看了下手机上的时间，现在是十点四十。五颜六色的小点开始点缀天空的黑衣，白色、绿色、红色、玫瑰红……先升空的梦想已经起航，先升空的痛苦已经踏上遗忘之路，与星星跳过几段华尔兹后，承载梦想与痛苦的灯笼会撞在地中海粗糙的皮肤上，坠入翻涌的波涛之中。

她发出一阵叹息，将心中涌出的悲痛抑在咽喉，化为一阵绵长、湿沉的哽咽。

塔玛拉身边一个人也没有，只有纸盘、鞋子、靠垫、帐篷、小包包、塑料杯、残羹剩菜，还有吞噬一切的黑暗之口。

三十四

十年前，八月的一个早晨，经过炎热的一星期，终于迎来了降温。海面拂来一阵微风，让空气、海水和曼荼罗·辛歌的微笑变得清新。与杰伊在"游霓号"上的最后几天十分惬意。

几天前，她打电话把消息告诉了正在陶尔米纳的经纪人艾伦。

"是爱情吗？"男人问她。

"嗯，是的。"她回答道，脑海中回顾着那平静的生活。

曼荼罗没想到，自己会这么快又爱上一个人。她以为不会这么快。上一段爱情惨淡收场，她成为独家新闻，登上杂志封面，逃过世人的谩骂指责后，以为不会再爱了，没想到自己会爱上四十岁的花花公子——吉他手杰伊·怀特斯通，媒体和他数不清的前女友（大多是演员和模特）称他反复无常，性格傲慢易怒。

坚固的盔甲守护着她的心。然而，杰伊无微不至的照顾和他带来的欢声笑语慢慢卸下了她的盔甲，让她的心无拘无束，随恋爱的节奏加速跳动。前一年六月，他们只在海边有过一夜欢愉，还没有发展成几个星期后的恋爱关系。当时恰逢她三十四岁生日，杰伊出人意料地在蓝色海岸[1]租下了一整家酒店，让她的女儿米娅、家人和最信任的朋友为她庆生，躲过了狗仔无处不在的闪光灯。

之后，她开世界巡演，杰伊为她保驾护航，除了飞机、酒店、旅途、彩排，还有烛光晚餐、冒险、购物、娱乐。他们许下诺言，互赠礼物，深深相吻，约法三章，享受情欲。最重要的是，杰伊跟米娅打成一片，建立了深厚的感情，互相约定：她是爱冒险的米娅公主，他是为公主鞠躬尽瘁的骑士。

因此，曼荼罗接受了一起在游艇上度假的提议。"滔天巨浪"世界巡回演出大获成功，夏天即将离去，新的恋情开始了，也许还会成立一个家庭，谁知道呢？她想不出有其他更好的方式来庆祝这一切。

船停在海湾，船上的人醒了过来。曼荼罗和米娅起床走出船舱，手挽着手跳水，来到了大海这张咸咸的床上。每次游泳，米娅都越来越像美人鱼。她喜欢游泳，数海里的鱼，给每块岩石、每个洞穴、每段海岸起名字。除此之外，她发现自己喜欢把头埋在蓝色的海平面以下，或者把头探出水面，而海水仿佛清晰、神奇的放大镜，透过它，一切都会走样，包括她自己：白皙的小手轻抚着大海，双腿在水里不知疲倦地摆动，飘散的头发仿佛美轮美奂的金色花冠。

每次上岸，米娅都会向她的骑士要一条美人鱼做礼物，第一

---

1 位于法国东南沿海地区，毗邻意大利。

条是在吃早餐用的杯子上，其他的则印在泳衣、T恤、浴袍上，甚至在她的皮带上。

"我长大后会变成美人鱼吗？"她总是这样问。她生下来就没有尾巴，怎么跟她解释都没用。按照她那个年龄的规则，什么都有可能，米泡在牛奶里都能变成小人鱼。

几个晚上前，照顾她的保姆给她读了一个寓言故事，讲的是一座岛和美人鱼洞穴，米娅觉得那个洞穴就在离游艇不远的地方。

"妈妈，我保证，我亲眼见过。"她午睡醒来告诉曼荼罗，"她有金色的头发，很漂亮，尾巴是绿色的。我们可以去见见她吗？"

就这样，下午晚些时候，曼荼罗让船员将玻璃舟放下水。玻璃舟是专辑《滔天巨浪》大获成功后她收到的礼物，这艘小舟现在浮在水面，像大海一样蓝，宛如一只空空的摇篮。

他们把必备的东西放上玻璃舟：手机、防晒霜、T恤、毛巾、冰水、防晒帽，计划来一场激动人心的母女行。虽然保镖一再坚持，但曼荼罗想自己划船，她和米娅开始起航，像两个勇敢的探险者。杰伊在"游霓号"的甲板与她们作别。

"美人鱼公主米娅，我们怎么走？"

"妈妈，那里，贝壳洞穴就在那里！"

"我没看见什么贝壳洞穴呀。"

"妈妈，那个——"米娅说，海边有一片岩石，她用手模糊地指着一个地方，"你没看见吗？那儿有一个大贝壳！"

"遵命，米娅公主。"

米娅跪在透明的舟底，观察拍打小舟的波浪。波浪激起一朵朵浪花，并渐渐退去。

"妈妈，快看！这只船在喝水！"

"这不是船，这叫舟。"

"我觉得像水杯。妈妈，我们是水杯中的两条美人鱼！"

曼荼罗大笑起来，暂时停止划桨。她走近满头金发的女儿，好好亲了几口。

"米娅，知道吗？我真的觉得你会成为一条美人鱼。"

女孩抱住妈妈，高兴地笑了起来。

小舟稳稳地朝贝壳洞穴飘去，但靠近一看，她们很失望，洞穴不过是岩壁的一个拐角，海流幽暗，湍急危险，岩壁无法攀登，也没有靠岸的地方，而且比预想的要远。

"我觉得这里现在住着一个怪兽。"米娅说。

"宝贝儿，我也觉得。最好不要惊动它。我们回杰伊那儿去怎么样？"曼荼罗提议，她微微喘气，看了一眼海波和太阳。疾风吹着一团云快速飘动，遮住了太阳的光辉。"游霓号船"肚宽大、洁白，与其他船只平静地停在海湾的另一侧，杰伊或者某个船员肯定正用望远镜看着她们。

"可是我们连一条美人鱼都没看见！"

"你要知道，很多美人鱼会睡觉睡到傍晚。"

"那我们应该等。"

"我们回大船去等怎么样？"

"嗯……那我们可以办一个派对吗？"

"派对？"

"美人鱼的派对！"

"当然可以呀！知道我们要做什么吗？我们现在就回船上开始准备。"

"我要用大海做成的果汁……做一个蛋糕！"米娅激动得跳起来，但小舟失去了平衡，剧烈地晃动起来，她滑倒了。

曼荼罗立即丢下船桨救米娅。"宝贝儿，小心！来，把手给我，有没有受伤？"

女孩重新坐下，幸好只是蹭破了膝盖。

"穿好救生衣。"曼荼罗嘱咐道。她想捡回掉在水里的桨。

这时，海流推着小舟沿海岸漂流，漂过围住海湾的岬角。曼荼罗费力地捡回了船桨，想控制住载着两个人的透明小舟，但海流比她强大，正把她带向大海深处。波浪好像尖锐的大头钉，冲击变得更加猛烈。

一道大浪袭过船身，打湿了她和米娅，女孩全然不知巨浪的威力，欢快地哼着妈妈的歌。

曼荼罗保持镇定，仍然面露微笑，她脖子上挂着的防水袋里面装着手机。她拿起手机求救，屏幕亮了，按下呼叫键。打不通，没有信号，但她不想自乱阵脚，"游霓号"上的人不见她们两个回去，很快就会乘交通船来接她们的。

她继续用力划桨，希望能回到海湾，但失败了。与此同时，她看了看四周。真的没有任何人看见她们吗？任何一条船上的任何一个人都没有看见她们吗？那片海忽然成了越来越危险的水中沙漠，而她是唯一试图徒步穿行的人。

米娅应该也意识到了危险，因为她不再唱歌，透过玫瑰色的遮阳镜静静地看着妈妈。

曼荼罗想，如果能靠近岩石，她们就可以爬到岸上，她再次用尽全身力气划桨。

她往一块灰色的礁石划去，将大海甩在身后，直至摸到那块礁石。她伸长船桨，小舟终于停了下来。就在这时，她听见一阵发动机的隆隆声，是一艘大船在靠近，看见大腹便便的船身，她轻松了许多。那不是"游霓号"，但还是可以救她们。她挥动胳膊，大喊救命，可船明显没有看见她们，不但仍旧往前走，还留下一条白色的尾迹，激起层层铺天盖地的巨浪。

最后一层浪掀翻小舟，让它狠狠地撞在礁石上。

"妈妈！"米娅掉在水中，大声呼救，"妈妈！"但曼荼罗无法救她。她的头撞上岩石，失去了意识。失去了米娅，失去了一切。

三十五

手机铃声将塔玛拉拉回灯笼之夜，是达娜打来问本杰明的。

"乔纳斯和托尼去找了，很快就会把他带回来。"她对达娜说，语气没有一丝迟疑，"本杰明是个聪明懂事的孩子，沙滩这儿没有危险，只是人太多、太乱，我们耐心点儿。"她继续说道，不给达娜任何说话的机会。

拨通乔纳斯的电话。无人接听。

她抓紧肩上的披肩，向满是明亮飞灯的天空祈祷，跟十年前搜救船回岸时她所做的如出一辙。

到了明天，那些五颜六色的灯笼什么痕迹都不会留下，顶多有一些碎纸屑、烂木头、破金属混在海浪里。

那些没有实现的梦想，也是这个下场。在现实碰壁，改变模样，留下令人怀古伤今的样子。痛苦也一样，久久在心中，最后融进血液，长成皮肉，成为记忆。

人活着哪能没有一丝痛苦，人活着哪能没有破碎的梦想。塔玛拉的梦也碎在那里，撞上了那该死的礁石，只剩下玻璃舟的碎片。

一切来得这么突然，她不再是母亲，什么都不是了。米娅的过去、现在、未来都不见了。海浪带走了一切。只是回忆让她苟延残喘，回忆是这些年的枷锁，让她无法逃离这座岛，无法逃避白天黑夜，无法逃避时时刻刻都赖以生存的呼吸，可她并不想苟延残喘。

她每天跪在大海前，祈求大海无论把她女儿藏在了哪儿，都要照顾好她。她每天潜入海中，希望能触摸到女儿。她每天都在水下哀号，希望女儿能够听见。每次都是在白天，在太阳底下，这时候人不得不沿着地平线前进，走向黄昏。

塔玛拉抖抖披肩。

"妈妈，我在这里。"脑海里米娅细声对她说。

这片沙滩变成了塔玛拉的家，她犯罪的现场。她在这里流下痛心的眼泪。但她不是孤单一人。

还有伊娃，她躲在一排竹子后面，忍不住跟塔玛拉一同哭起来。

曼荼罗睁大眼睛对着杰伊，她心想，一个噩梦结束了。然而，一个在梦里梦外都不会醒过来的噩梦又开始了。

杰伊和她的保镖麦克找到她，把她救了起来。他们把她带上岸，报了警，海警开始搜索生还希望渺茫的米娅。所有人都在曼茶罗周围大声呼喊，没有发现米娅的任何踪迹，而米娅在水下唱歌，想让大家都跟着她。如此接近……曼茶罗还能感觉到女儿的香吻和夹着蜜香的温热气息。

"妈妈，我在这里。"她呜咽着，"我在这里，快来接我！"

她去接过米娅。她重新站起来，逼着"游霓号"起航，直升机升空，潜水艇下潜到海底、洞穴和强旋涡下面搜寻。一无所获。米娅像遇水就冒气泡的粉末溶解在水里，消失在大海的血盆大口中。五十六个小时后，搜救队才找到她的救生衣，已经被撕裂了，有切割的痕迹，可能是螺旋桨。她女儿就这样死了，被螺旋桨的叶片搅碎了吗？或者因为在水下害怕，惊慌失措，精疲力竭，最后窒息，被淹死了吗？如果不是因为她妈妈不巧昏迷不醒，那又是为什么？

曼茶罗第一次回到这片海滩时，一心只想淹死，她径直走到海里，直到海水没过嘴巴。

"不要，妈妈，不要！快停下，你在岸边陪我就可以了。"米娅大声喊道。

从那以后，曼茶罗每天都会踏上那条海路，祈求上帝带她去见女儿。女儿每次都把她带回岸边，求她不要越过那条分割陆地、将地面一分为二的界线。

就这样，她们一直相见，就这样，她们为彼此而活，活在彼此心中。相伴相随。

人群开始上坡，往沙滩的另一头走去。有的是夫妻，有的是跟家人一起来的，有的是跟朋友结伴来的，也有一个人来的，他们都把自己的灵魂托付给飞向天空的宣纸灯笼。不久后，他们会重新开始弹琴、唱歌、喝酒、聊天、吃东西、做爱、吵架。因为这些就是人离开沙滩后会做的事情。

"玛拉妈！"本杰明呼喊着塔玛拉，朝她跑来，一把将她抱住。乔纳斯抱着西晴，他和洛奇、托尼跟在本杰明身后。小女孩在沙滩另一头的竹林里脚踝脱了臼。

"都怪洛奇。"本杰明激动地说，"烟花一开始放，它就疯了，到处跑！我和西晴就追它，西晴摔倒了，我不知道怎么办，怎么办……玛拉妈，我不能扔下她，也不能扔下洛奇！玛拉妈，你怎么哭了？我们都没事儿！"

"因为我想你们。"塔玛拉说着，将孩子拥入怀中，"我们给妈妈打电话。"

"已经打了。"乔纳斯笑着说，把手放在她的肩上，"她正赶过来。大家都过来了。一会儿我们陪西晴回家，已经通知了她父母。"

"乔纳斯，谢谢。托尼，我……"

达娜赶来与大家会合。她抱住本杰明，吻了吻西晴，摸摸洛奇……大声吼了他们三个，也舒了口气，松下紧绷的神经。

"我有个主意，"过了一会儿，达娜对大家说，"灯笼我们先留着别动，明天晚上在旅馆楼顶放，你们觉得怎么样？"

所有人都赞同这个提议，并一致决定回旅馆。经历了晚上的事情，一行人变成了团结、和睦、充满爱的队伍。维珍跟在他们身后，好像从未离开过。

丽莎一回到房间就打开阳台门，站在阳台上，外面繁星点点。事情根本不是她说的那样。她没有吻威尔，没有爱上他，没有在岛上做爱，没有躺在地中海的怀里，在船上睡着。

但这样就很好。她伸直双腿，躺在椅子上。

过了一会儿，拉拉出现在她身旁，问道："我来陪你会儿吧？"她拿了一瓶红酒，还有两只高脚杯和一块巧克力。

"你拿着酒干吗？"

"喝啊。你呢？"

"我也喝。"

拉拉往两只杯子都倒了一点红酒。"为假期干杯。"她举杯说。

"敬我们……两姐妹的假期。"

"……相亲相爱的两姐妹。"丽莎补充说。她站起来，面对跟她长得一模一样的妹妹，好像照一面活镜子。

拉拉背后的房门仿佛应景地挂上了海报："来这里的人就是有缘人。"丽莎大声读了出来，更深刻地理解了其中的含义。

"我觉得说的就是我们两个。"说着，她让妹妹转身，跟她一起看门上的字，"我为你高兴，你也要为我高兴。"

"我们可别做坏买卖。如果只……"拉拉好像有所指，她让姐姐原地转两圈，仔细打量了她的身材。

"什么？"

"没事。你长得就是这么完美！"

丽莎大笑起来。

"我们很完美。"

"对，我们都很完美。"

酒一杯杯下肚。那些美好的共同回忆，她们越聊越起劲。

三十六

　　天色青灰，布满了灰云。灰云从天空的这一端飘到另一端，将大海也染成了灰色。沙滩似乎也失去了往日的光彩。尽管如此，伊娃仍沿着像一条银白色带子的小径，快速朝沙滩走去。

　　塔玛拉已经在水下，海浪没过了她的头顶。在水下，在墙壁清澈碧绿的房间里，她和满头金发、盘着发髻的女儿约好了见面。她们在那个奇怪的录音棚里说话、唱歌。

　　一会儿，她重新浮出水面，发出一声哽咽，喉咙仿佛被柳珊瑚卡住似的。那是爱的呼唤。

　　"我在找你。"伊娃／维珍说，她在岸边等塔玛拉。

　　"我在等你。"

　　"带着真相吗？"

　　"是的。真相就是要耐心。"

　　"我知道你是谁。"

　　"哦，我也很清楚我是谁，但是我不想记起来。"塔玛拉回答，

"你呢？你知道你是谁吗？"

"我们谈的不是我。"

"就算说到其他人，我们谈论的也总是自己。"

"对于……米娅，我很抱歉。"

塔玛拉低下头。"你想要什么？"她问。

"你的故事。"

"为什么？"

"因为我想讲出来，这是我的工作！"

"可那是我的生活！"

"我想公之于众。"

"放在你的八卦猛料网站上吗？然后这样写：'伊娃·罗斯又一猛料：曼荼罗·辛歌的结局是什么？'"她愤怒地说。

"我……你知道我……"

"你以为我没发现吗？只需要到租摩托那里看看你的合同就够了。"

"我想让大家都知道……"

"……知道你有多能干吗？'目标女郎'。"

"我想让大家知道真相！"

"那你先把你的真相说出来。今天晚上就告诉大家，你是谁，为什么来这里？"

"但你是曼荼罗·辛歌！"

"不，我是塔玛拉·贝斯特。"

"你们是同一个人。"

"你肯定吗？你永远是同一个人吗？比如现在，你是谁，伊娃还是维珍？"

伊娃咬着嘴唇，哑口无言。"我怀孕了。"沉默一会儿后，她承认说，"昨天下午我去了药店……今天早上我测试了一下……是阳性。"

"为什么要跟我说这个？你想让我怎么回答你？"

"一切会顺利吗？"

"你在问一个不称职的妈妈？"

"我不知道该怎么办！"

"谁也不知道。大家都是摸着石头过河。有时候顺利，有时候是悲剧，不……这就是生活。你觉得你什么答案都得到了，其实这时候你错得最离谱。"

"你为什么不想泄露真实身份？"

"因为这里的一切，"塔玛拉说着张开双臂，"就是我的坟墓。而你想建个游乐场，把我当成景点放在里面。曼荼罗·辛歌和她女儿一起死了。"她抓住伊娃的手，继续说道，"现在抓住你的，是我的第二副皮囊。这副皮囊什么意义也没有，但这是唯一保护我的东西。不要拿走它！"最后她坚决地说，收拾好自己的东西，离开了沙滩。

伊娃一动不动，一只脚踩在水中，另一只脚陷在干燥的沙子里。

拿走还是放弃？她举棋不定，面对大海，她把自己埋在沙子里。如果大海真是一位高明的咨询师，那就值得停下来听听。

塔玛拉不在，乔纳斯独自起床，他们已经连续三天晚上共享这张床。他下楼回到自己的房间收拾行李。明天早晨，他会重新指挥他的飞机，起飞腾空，将这座绿色的小岛和现在的一切留在身下。他没有其他东西，只有几件衣裳，乱糟糟地揉成一团，漫不经心地装进飞行员的提包。

他检查了房间，以免落下东西。住了这么多年酒店，他有一套自己的方法和顺序，先看看床底，再检查衣柜和床头柜，最后是浴室门后，通常这里有一个挂钩，他总会把什么东西挂在上面。

"清查完毕。"他自言自语。看起来他心情不错，打开了房门。

这是十天中，他最后一次看写在门上的字："事情结束了，就结束了。"

十天前他刚来的时候，以为这句话指的是他母亲去世，他要学会接受，继续往前走。现在，他理解了这句话真正的内涵。真正消失的，是他心中由孤独引起的痛苦怨恨。乔纳斯现在不再是被未曾谋面的父亲抛弃的孤儿，不再是流浪者。他是有家乡，有家可归的旅者。

他掏出房间的钥匙，将钥匙圈上吊着的木美人鱼紧紧握在手心。他需要他的美人鱼，需要塔玛拉。

奥利维亚有些迷茫，漫无目的地在房间走来走去。这是她在岛上、在旅馆的最后一天，是她跟大家待在一起的最后一天，他们已经成了她的家人。她从来都不习惯说再见。怎么对自己爱的人说再见？她昨天一整晚都很煎熬，甚至有一刻想不离开，永远留在这个由沙粒堆成的小岛上。这十天里，这里就是她的家。

但事与愿违，她要回巴塞罗那。要收拾婚姻的残局，接受餐厅无可避免的变化，面对慢慢出现的挑战。最后，她明白了什么是快乐：不是没有烦恼，而是有能力对抗烦恼。

她开始把书桌上的东西收拢，晚些时候再放进行李箱。第一件东西是记愿望的笔记本。第一，好好许愿；第二，勇气；第三，一栋阳台向海的房子；第四，一个更大的厨房；第五，带闪光片的红裙……现在，她知道自己会实现所有的愿望，因为那是她应得的，因为尝试总是值得的。

在没有写愿望的页面上，她记了烹饪笔记，都是适合钱行的菜。他们是一个怪诞的家庭，都是来疗伤的，她想做些菜感谢每一个人，用爱来做。第一道，用杏仁、樱桃加喜马拉雅玫瑰盐做无渣果汁；第二道，鞑靼甜菜拌鳄梨、西柚和辣萝卜；第三道，萝卜拌生牛肉片、螺旋藻、开心果和罗望子酱；第四道，玫瑰米拌草莓和菠菜；第五道，用绿茶、雪梨混马斯卡彭奶酪做糖煮水果……

丽莎和拉拉跳进水里，像孩子一样游泳、嬉笑。太阳现在又出现在地平线，她们只想享受这个夏天在海边的最后一天。过几个小时，就要重新回到米兰，那里太阳毒辣，酷热难耐，自行车放在沥青路上，脚架能撑出个印来，高跟鞋在沥青路上能踩出个坑。

浮标那儿的湛蓝海域就是海湾的深水区。她们打赌，看谁能先游到浮标那里。丽莎赢了。

"跟以前一样……我先到终点！"丽莎大喘着气说。

"跟以前一样……我风度翩翩地后到！"妹妹回应，任由咸咸的海水从辫子上滴下来。

"你永远都是老样子。"

"你也一样。"

"拉拉，你说得对。这次散心静修对我有用！"

"你终于承认了。"

"你想听我说'你说得对'吗？"

"不想。因为我知道我说的是对的。"

"呵，你就是永远不松口，对吧？"

"为什么我应该松口？"

"因为没人能一直得第一名……"

"对，但是也不会输……"拉拉回答。

"谁后到，谁就提行李！"她大声喊，然后开始往岸边游。

"可恶的拉拉！"丽莎随即跟上。那天下午，他们会将不同的衣服装进两个相同的行李箱，但穿衣服的人怀着同样的情感。

达娜让本杰明睡到很晚。昨晚的事肯定把他吓到了，嘴上虽然不说，但心里肯定害怕。她仔细端详儿子的脸庞，跟自己太像了。本杰明的胸口起伏不断，达娜入迷地听着他缓慢、均匀的呼吸声。

本杰明曾经像珍珠一样在她体内成熟，她爱这具由自己孕育的身体。这是她最珍贵、最好的一部分，然而并不属于她。宇宙通过她创造了本杰明，塑造了本杰明。本杰明是宇宙的一部分。她从未像昨晚那样明白过。

她舒了一口气，感谢整齐地摆放在柜子上的精神导师们。这是客人在旅馆的最后一天。再过几个小时，他们就要告别美人鱼旅馆，再也不会回来。谁也不能踏进这里两次，因为疗伤的办法，一旦学会，就永远不会忘记。另外，谁也不能泄露静修期间所发生的一切，至少细节不能。"岛上发生的事就留在岛上。"这是她老生常谈的一句话。这次也一样。

所有站在美人鱼的招牌下叩响蔚蓝色大门的人，都要照那句话做，同时接受未知的风险。因为生活就是这样，没有指示。只有不知道规则的时候，我们才能够"学会"。而最终，"学会"就是一切。

三十七

下午，塔玛拉头靠着达娜的肩膀，蜷缩在钻蓝色的天鹅绒沙发上。从天窗照下来的黄色阳光，正好洒在她的脸庞上。

"是这些吗？"塔玛拉说。她指的是达娜膝间用湛蓝色丝带系着的几封信。

"对。都在这里。"

"我们先读哪封？"

达娜喝完最后一口药汤，拿出美人鱼形状的剪纸刀。"老规矩，随便哪封都可以，虽然'随便'并不存在。"

塔玛拉点点头，整理一下几天前刚剪短和染过的头发，等着达娜开始。达娜拿起第一封信，稍稍抽出信封里的东西，露出了玫瑰色的塑料边角。原来是张照片。

是最后那晚告别晚餐快结束时拍的，他们已经让带着自己希望的灯笼飞上了天空。

两个女人一张张地看：这是拉拉，一头金色的秀发，编着两根规整的辫子；这是丽莎，在吃第二份甜品；这是本杰明，想点蜡烛；奥利维亚抱着达娜，达娜抱着维珍；乔纳斯正跟塔玛拉干杯……大家都在上面。这些照片讲述了整个故事的结尾。

"谁寄来的？"塔玛拉问。

达娜开始读信，以回答塔玛拉。

两位美人鱼好！我们是全世界最漂亮的双胞胎姐妹！你们怎么样？城里几乎是秋天了，我讨厌秋天。不过还好，我正在罗马开新的健康中心，我很高兴。至于丽莎，她会负责米兰这家。而且，她是我最优秀的伙伴（特别是现在，身材好得不得了）。这些照片是我用手机拍的，我打印出来寄给你们，因为我知道你们有多讨厌科技。我很聪明，对吧？啊，我还在我的排毒项目里加入了达娜奇幻的无渣果汁，放在了我的脸书上……对了，你们什么时候给美人鱼旅馆开个账号？代丽莎向你们问好。

"拿着。"达娜说着，把照片分给塔玛拉，"乔纳斯的你留着。我保管我跟奥利维亚和维珍的，还有本杰明那张……"

"把所有的都裱起来。"塔玛拉提议说，她把手中的照片还给达娜，"挂在厨房，或者门口……不，我们专门留一面墙给客人，你觉得怎么样？"

"我还以为你讨厌家里有其他人。"

"但是你不讨厌啊……其实，我也不。"她诚实地回答，"来，开另一封。"

"这封是谁的？"达娜很疑惑，她打开金色的信封，从中滑出一张明信片，上面是热带的沙滩，旁边长着雨林和红树林。

美人鱼旅馆敬启

最亲爱的达娜和最亲爱的塔玛拉，我现在在喀拉拉[1]给你们写信，在这里上一门阿育吠陀医学[2]的烹饪课。之后，我会从这里出发去泰国，我终于可以学到做好咖喱的所有秘诀啦！最后，我再从泰国回巴塞罗那。幸亏有一位投资伙伴信任我，我打算在旧港开一家自己的酒馆，名字叫"疯狂的美人鱼"。希望开张的时候你们能来，前提是达娜的奇怪规定允许……至于我前夫，我们最终把生活和生意分开，就像你们教我的，发生的事，冥冥之中早已注定。

期许：成为一位好厨师，优秀的生意人，也没准儿成为新丈夫的好妻子！你们那里真的可以创造奇迹！你们要继续，因为还有很多人需要奇迹。想拥抱你们，奥利维亚。

"我觉得你应该去。"塔玛拉建议达娜。

"去哪儿？"

"巴塞罗那，餐厅的开张仪式。我来照顾本杰明。"

"嗯，我觉得不……"

"不太好？我觉得这很好。偶尔也要试着离开小岛嘛。"

"你是在说我，还是你自己？"

---

1   喀拉拉是印度西南部的一个邦。

2   阿育吠陀即 Ayurveda，是印度一种重要的医学，具有保健养生的功能。

"我们俩!"

达娜舒了一口气,拆开第三封红色的信。

最近这几个星期过得一点也不轻松,但是最后,我还是决定听从海的建议。塔玛拉,你还记得吗?你跟我说过大海是一个很好的咨询师。好吧,你是对的。不仅是这个……

达娜把信递给塔玛拉。"我觉得最好你来,是给你的。"

我想了很久我们在沙滩上的谈话,但我告诉你,你没有说服我,就是没有。我是个说故事的,是"目标女郎"。我是"大牌探秘"的灵魂。

"你别说……虽然……"达娜插话,"她不能这样!不能公开你是谁!"

但我更是伊娃·罗斯。而且伊娃从未遇到曼荼罗·辛歌。伊娃·罗斯有幸与塔玛拉·辛歌交谈,她是一位杰出的艺术家,一个魅力十足的女人。这就是我想写的,我想写我们所做的努力,尽管生活充满恐惧与痛苦。这样,我就可以完成在美人鱼旅馆就开始写的小说。我会把肚子里的孩子生下来,有没有他父亲奈曼无所谓。因为现在我知道,奇迹会发生,时间自有定数。

附笔:维珍也怀孕了。达娜,你的塔罗牌还真准!

"塔玛，准备好了吗？"塔玛拉正在看信，乔纳斯穿着飞行员制服，径直走进客厅。"再过两个小时，我们就应该在机场……"

"但是没有你飞机还怎么飞啊！"塔玛拉回答，从沙发上站起来。

"伦敦要下雨。"乔纳斯继续说，抓着行李站在门口。

"你消息真灵通！"塔玛拉答道，并吻了他。

"等一下。"达娜拉住她，交给她一封很长的信，"是给你的。"

塔玛拉接过信，脸色有些不耐烦，但立马又喜笑颜开，涂着口红的嘴唇色泽格外亮丽。那是一封邀请信，希望复制她的"雕画"：《我的美人鱼》，塔玛拉·贝斯特的混合技法，MG 画廊，伦敦霍威克广场一号。

"快点儿，我们走。"她嘀咕道，"是时候离开这座岛了。"

钟爱的人不会死，因为爱是永生。

——艾米莉·狄金森

到了晚上，船行在海中，耶稣独自在岸上。他见门徒因风逆，摇橹辛苦，便踏上海面，向门徒走去，想越过他们。门徒见他行走于海面，以为那是鬼魂，便大喊起来，众人见状，惊恐万分。但他旋即对门徒说："胆子大点，是我，别害怕！"于是他上了他们的船，风止住了。

选自《新约·马可福音》，第六章，45-52

致谢

　　我终于做到了。我从很多疲惫的美人鱼那里收集了这些故事，我们一同分享。这次终于把这些刻在心中、藏在记忆里的故事，有始有终地讲了出来。这部小说，是为她们和她们的慷慨而作，还有当初信任我的人：首先，我在菲尔特里内利出版社的编辑里恰尔达·巴尔别里与在格兰迪协会的经纪人玛利亚·宝拉·罗密欧。

　　其次，我要感谢马诺洛，从书的第一页到最后一页，自始至终陪伴着我。我们互相赠给对方一座小岛，用爱创造了一种沉浸在爱里的生活。

　　再次，我要把感谢送给戈佐岛，我在那里受到了热情的款待。特别是岛上那些到现在我还能称为朋友的人，还有马耳他的朋友。这份名单很长，因篇幅所限，没办法全部列出来，但每个人都在我的心里。

　　要特别感谢雷蒙德·布吉亚和大卫·西。雷蒙德熟悉大海，熟悉世界，给了我很多帮助，尤其是航海和技术上的细节，给了我很多参考；大卫教会了我跳旋转舞。

还要感谢"灵魂打捞手"卡门·斯罗尼，在我的灵魂沉入大海前，她将它打捞起来。感谢维珍、威利和巴塞罗那的绿点素食餐厅。感谢阿曼达，世界上最好的美容师。感谢乔纳森和迈克尔，友谊和澳大利亚的完美代言人。

　　感谢一直陪在我身边的朋友，每次我写作，他们都以自己的方式支持我，他们是：我的第一位读者、供茶人加布里埃拉；我的第一位粉丝瓦伦蒂娜；每当我遇到困难，就会鼓励我的罗贝尔塔；一直陪着我的达涅拉、弗兰切斯卡和安德烈。

　　最后，我要感谢我的父母莉利娅和路易吉，因为我们这一辈子，不是每个人都会为人父母，但是我们都为人子女。我是他们的女儿，为此，我心里无比感激。